人々を陰ながら救っている
英雄、実は公爵家のクズ息子。
というのを周囲は知っている

1

楓原こうた

Illust.Kuzunoha

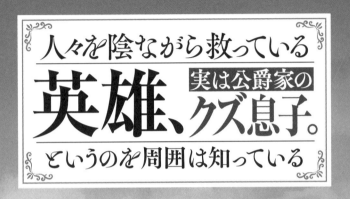

CONTENTS

Presented by

Kota Kedehara and Kuzunoha

プロローグ

ここ最近、公爵領の中でとある人物の話題が広まっていた。

その人間は成人を迎える前ぐらいの背丈であり、声音は見た目どおりの少年。ただ、それ以外の容姿は大きいマントと無柄のお面によって隠されている。

かといって、不審者だからこの人物の話が話題となった……というわけではない。

困っている人間がいれば颯爽《さっそう》と駆け付け、手を差し伸べてくれる。

盗賊に襲われていようが、魔獣に襲われていようが、自分の飼っている大事な猫がいなくなろうが関係なく。

相手が誰であろうと、どんな不幸だろうと手を差し伸べてくれる。

不幸の元凶がもしも強かった時はどうするのか？　と思うだろうが、本当に関係がないのだ。

見た目はいくら少年であっても、侮ってはいけない。

少年がひとたび困っている人を前にして拳を握れば、必ず最後に手を差し伸べられた者は笑顔になれるのだから。

「はぁ……はぁ……」

一人の少女が、月夜が照らす森の中を必死に走っていた。

艶やかなミスリルのような銀の長髪を靡《なび》かせ、薄暗く照らされて覗《のぞ》く顔は端麗以上の言葉を贈りたいほど整っている。

ただ、森の中を走っている割には動きづらそうな装飾が鏤《ちりば》められたドレスを着ている。おかげで、ところどころ枝に引っ掛けたような跡や泥がついていた。

『あっちだ！　あっちを追え！』

『パーティー帰りの王女を襲ってんだ！　こんなチャンスは二度とねぇ！』

『さっさと殺すぞ！　でないと依頼主に俺達が殺される！』

少女の背後からは、何人もの剣を持った男が迫って来ていた。

友好的に見えないのは、手に持っている剣と殺意が滲《にじ》んだ瞳を見れば一目瞭然。

故に、少女は追いつかれないよう運動慣れしていないのにもかかわらず走り続ける。

（ちくしょう……私のせいで、他の皆が……ッ！）

少女は走りながら目に涙を浮かべる。

脳裏を過《よぎ》ったのは、自分のために身を犠牲にして赤い鮮血を散らした騎士達の姿。その人間達の決死での抵抗で、人数が少なかったにもかかわらず敵を大人数減らしてくれた。

おかげで、今は背後に迫ってきている男達だけなのだが……か弱い少女が立ち向かえるようなヤワな相手ではない。

（そんなの分かってる……だから、私は騎士達のためにも逃げないと！）

しかし、どこまで？

自分がいた場所からかなり離れてしまっており、もうここがどこかすら分からない。

分からないからこそ、どこを目指せば助けを呼べるのかが――

「きゃっ！」

少女は思わず足元の幹に躓《つまづ》き、そのまま倒れてしまう。

これが、致命的なロス。少女が倒れてしまった隙に、追いかけてきていた男達が背後までやって来た。

『手間とらせやがって……ぶっ殺してやるからな』

『待てよ、もう追いかけっこは終わりなんだろ？　どうせ殺すんだったら、ここで一発ヤッてもいいんじゃゃねぇか？』

『確かに、見た目は一級品だし……うちの仲間も大半いなくなっちまったんだ。ここいらで清算しねぇと割に合わないな！』

明確な殺意と、下卑《げび》た笑みが向けられる。

成人して一年が経ち、大人の枠組みに入れられたが……少女は、まだまだ子供。

絶望的な状況と相手を前にして、浮かんでいた涙がより一層増えてしまう。

（い、いや……）

どうして、私がこんな目に遭わなきゃいけないんだろう？

ただ王族に生まれたからって、別に特段悪いことなんてした覚えはないのに。

それに、まだやりたいことがいっぱいある。死にたくない。

（だ、誰か）

故に、少女は思わず願ってしまった。

誰に向けるわけでもなく、せめてもの、という想いを込めて。

「誰か助けて……ッ！」


「分かったよ」


頭上から降ってきた何かに、一人の男が潰された。

『はぁッ⁉』

『な、なんだこい……⁉』

文字どおり、体躯のいい男が潰れて赤い臓物を曝《さら》け出したことに驚く男達。

だが、そんな驚きもすぐさま小さな拳が顔面に叩き込まれたことによって掻《か》き消される。

本当に小さな拳だった……自分よりも一回りは小さいはずの拳。

しかし、何故か男の顔が水風船が破裂した時のように弾け飛んでしまう。

『ひ、ひィッ！』

最後に残った一人が尻もちをついて後ずさる。

視界に映っているのは、先程まで高笑いしていた仲間の無残な骸《むくろ》と大きなフードと無柄のお面をつけた、少年の姿。

「僕の魔術はね、『我儘《わがまま》』を主軸に編み出されているんだ」

お面から覗く鋭い眼光が、男へと注がれる。

「個々が己の才能を以《もっ》て術式に落とし込み、世に事象を与えるのが魔術。才能によって……とはいってるけど、編み出す目的によって方向性は決めなきゃいけない。だから、僕は『我儘』にすることにした。この感情を突き通すために、突き通して解消するために」

女の子が追いかけ回されて、剣を向けられて、涙を流していて。

それだけで、少年はただただ拳を握った——己の我儘を貫き通すために。

「だから、僕はこの子を助けたいって我儘を通すよ……だって、不幸に遭っている人は放っておけない」

握られた拳は男へと振りかざされる。

もしも、このまま振り下ろされれば目の前に転がっている骸と同じような結末を迎えることだろう。

しかし、男が最後に言い放った言葉は命乞いなどではなく——。

「ま、まさかお前は『幼き英雄』——」

先程まで高笑いして下卑た目を向けていた男は、それ以上言葉を発しなかった。

力なく体は崩れ、赤黒い液体を胴体から垂れ流している。

そんな悲惨な姿を見て、少年は「やっぱキツイものがあるなぁ」と言い残し、少女へと近づいた。

そして、優しく安心させるような声で少女に向かって手を差し伸べる。

「変な光景見せてごめんね……大丈夫？」

あまりにも一瞬。先程まで絶望的な状況だったのにもかかわらず、気がつけば脅威はいなくなっていた。

ただ、目の前の少年が現れて、不安にさせまいと優しい言葉を投げかけている。

(『幼き英雄』……)

聞いたことは何度もあった。

住んでいる場所が違えど、公爵領に現れた歳に合わない生粋の英雄《ヒーロー》。

彼は大きめのマントを羽織り、顔を隠す無柄のお面をつけ、礼を求めることなく誰かを助けていく。

まるで、昔に流行った『影の英雄』という本の主人公のようだ。

その正体は――、

(公爵家のクズ息子……)

どうして顔も見えないのに分かるのか？　それは至って単純であり……マントに公爵家の家紋が縫われてあるからだ。

貴族の家紋を勝手に使用することは原則禁じられているため、家の人間でない限り誰かが勝手に使うことはできない。

そして、公爵家の人間で若い男はたった一人だけ。

「あっ、僕のことは一切聞かないで。一応、素性は隠しておきたいから……」

だったら、どうして公爵家の家紋が縫われているマントを羽織るのだろう？　少女は純粋に疑問に思った。

しかし、少年の差し伸べられた手を握り返した時……ふと、聞いた話を思い出す。

（そういえば正体は皆知ってるけど、黙っておくのが暗黙のルールなんだっけ……？）

理由は色々。

助けてくれたのに、本人が嫌がっていることをするのはよろしくないから。気づかれていないと本気で思っている姿が可愛いから。もしかしたら『幼き英雄』をやめてしまうから。少年が人知れず助ける『影の英雄』に憧れているから、などなど。

それは聞く人によって変わり、様々な憶測が飛び交っている。

ただ、全員に一致しているのは……黙っておこう、それだけ。

「……ありがと」

少女もまた、この暗黙のルールを破るつもりはなかった。

ここで「あなたの正体を知っています！」というのは簡単だが、助けてもらったのは事実。恩を仇で返すような真似はしない。

「ううん、全然。僕のほうこそ遅くなってごめん」

だって――

「けど、君だけでも無事で本当によかった」

――こんなに優しい子に、自分は救われてしまったのだから。

「送っていくよ、こんなところにいると危ないし……あと、君の部下の弔《とむら》いもしてあげたいしね」

少年は少女の手を引いて森の中を歩き出す。

月夜に照らされた光が、少年の小さな背中と小さな手を映し出した。

（あぁ……ダメだなぁ。私のほうが歳上のはずなのに）

そして、同じく月夜によって照らされた少女の頬には……涙が伝ってしまっていた。

（涙が、出ちゃう）

当たり前だ。自分のために体を張ってくれた部下を失い、先程まで恐怖が体を支配していたのだから。

気がつけば、少女は嗚咽《おえつ》を溢《こぼ》し始めてしまった。

安堵《あんど》が一気に押し寄せてきたからか、今さらながら部下を失った悲しさが出てきたのかは分からない。

ただ、『幼い英雄』と呼ばれる少年は黙って少女の手を引いて歩く。

少しでも安心させるために、普通よりも強く手を握って。

第一章 ✦ 幼き英雄

「なんだ、この紅茶はッッッ！！！」

とある平日の昼間から、そんな怒声とカップの割れる音が響き渡る。

室内には床に膝を突いてめいっぱい頭を下げている若そうなメイドが一人。傍らにはカップの破片と紅茶の染みが残っており、中身が入っていたままで投げられたのだと窺《うかが》える。

そして、そんな様子をソファーに座っていた一人の白髪の少年が不機嫌さを隠しもせず見下ろしていた。

「ぬるい……ぬるすぎる！　よくもその状態で僕の前に出そうとしたものだ！」

身長はまだ成長途中だからか、少し低い。ただ、綺麗な白髪は端麗な顔立ちをアピールするかのように切り揃えられており、少しも乱れが見られなかった。

とはいえ、メイドはそんな整った顔など見ることなどできず――。

「申し訳ございませんっ！」

「もういいっ！　お前は出ていけ！」

メイドは少年の声を聞いて立ち上がると、そそくさと部屋を出て行ってしまった。

その姿を見て、この場の主である少年は大きく鼻息を鳴らす。

「まったく……」

ハルカ・アスラーン。

御年十三歳。つい先日誕生日を迎え、あと二年で成人と呼ばれる少年は、王国の騎士団長である父親と、王国の魔術師団長である母親の間に生まれてきた子供であり、次の公爵家を継ぐ者だ。

容姿は見た目麗《うるわ》しい両親の遺伝子を立派に受け継ぎ、将来必ず美男子になるだろうと一目で分かるほど可愛らしい。社交界に顔を出せば、集まる令嬢は皆目を引かれることだろう。

しかし、そんな少年は「クズ息子」と呼ばれていた。

癇癪《かんしやく》持ちで性格は残忍、最悪。平気で人を傷つけたりアカデミーはかなりの頻度でサボっていたりする。

彼に困らされた使用人や街の人達は数え切れないほど。

さらには、才能溢れる両親の遺伝を受け継いでいないのかと思われるほどの無能。剣術も魔術も、そこいらの子供に負けてしまうほど貧弱。

「だ、大丈夫だったよね……？　顔にカップの破片とか当たっていないかな？」

そんなハルカだが、メイドがいなくなった途端にあたふたし始めた。

「本当は美味しかったよ!?　あの子、紅茶淹《い》れるのすっごく上手なのに、僕のせいで自信なくしちゃわないかな……ねぇ、大丈夫だよね、クロエ!?」

そう言って、ハルカは勢いよく背後へ振り向く。

そこには、艶やかな金の長髪をサイドに纏《まと》めている、一人の美しいメイドの姿があった。

ただ、麗しくお淑《しと》やかさが感じられる綺麗《きれい》な顔には「やれやれ」といった疲労感が滲んでいる。

というより、すぐにため息が溢れた時点で疲れているのは間違いなかった。

「はぁ……そんなに心配なさるのであれば、あのようなことをしなければいいではありませんか」

メイドの女性クロエは、近くの壁際に置いてあったタオルを手に取り、床に撒《ま》かれた紅茶を拭おうとする。

しかし、手に取った頃にはハルカがいそいそと割れたカップの破片を回収していた。とても公爵家の人間がするような行動ではない……のだが、クロエは咎《とが》めることはしない。というより、もう慣れてしまっていた。

「何を言っているの、クロエ!? 僕の憧れている影の英雄になるためには、クズにならないといけないんだよ!?」

割れたカップの破片を袋に入れ、ハルカは懐から一冊の本を取り出してクロエへ見せつけた。

「表の顔は怠け者や無能と呼ばれるクズ息子……だけど、その裏の顔は正体を隠して人知れず困っている人に手を差し伸べる、かっこいい『影の英雄』！ 僕はこの本に出てくる英雄になりたいんだ！」

「なるほど」

「そのためには、僕は悪役ムーブをする必要がある。じゃないと、人助けをしているのが僕だってバレるからね。今考えると、影の英雄様がどうしてクズ息子をしていたのかが分かるよ……人助けをしている人間がクズだとは普通思わないもん」

「ふむふむ」

「だから、今の行動も常日頃から僕がクズ息子だって呼ばれるためにって、どうしてさっきから僕の顔をガン見するの？」

話を聞いているのかいないのか。

先程から熱弁する自分の横で、何故かクロエが顔を近づけてマジマジと見ていた。

美しい顔立ちが眼前に迫り、仄《ほの》かに香る甘い匂いが年頃の少年を刺激したことで一瞬だけハルカの胸が高鳴る。

「いいえ、坊ちゃんの顔が大変可愛らしく――」

「か、可愛くないし……だからって、道端の猫を見るような鑑賞感覚は持たないでほ――」

「――欲情しておりました」

「鑑賞感覚のほうがよかったッ！」

身の危険を感じて咄嗟《とっさ》に飛び退くハルカ。

貞操の危機がもうすでに手の届く場所まで迫ってきているようであった。

「と、ともかくっ！　僕はこの本に出てくる『影の英雄』みたいなかっこいいヒーローになるために、クズ息子だと思われなきゃいけないの！　こうしてメイドの女の子を虐《いじ》めていれば、周囲の評判はどんどん悪くなるし、僕が『幼き英雄』だって思われないだろうからね！」

最近、巷《ちまた》でよく聞く『幼き英雄』。

困っている人間がいれば颯爽と駆け付け、不幸になる者の不幸を全力で払いに行く。

普段はお面やマントなど羽織っているため顔は分からないのだが――。

（公爵家の紋章が縫われているマントを羽織っている時点で正体など普通にバレているのですが……

その事実には気づかないのですね）

公爵家の子供はハルカ一人だけ。

背格好がそもそも現公爵家当主でない時点で、候補者など一人に絞られるのだ。

では何故そのマントにするのか？　と、何度かクロエは尋ねたことがあるのだが、本人曰く「これが一番『影の英雄』が使ってたマントっぽいんだ！」とのこと。

そのため、すでに世間では『幼き英雄』＝ハルカだと、そもそもが露呈している。

なのにハルカの耳に『幼き英雄』の正体がバレたのだと耳に届かないのは……純粋におっちょこちょいだからだろう。

（こういうところに気づかない坊ちゃん……なんて可愛らしいのでしょう。街ぐるみで秘密にしようと結託してしまう理由もよく分かります♪）

実のところ、ハルカは「クズ息子」とは正反対なぐらいに優しい。

こうして己の行いに罪悪感を覚えていたり、『幼き英雄』と呼ばれるほど困っている人がいたら見捨てない。

もちろん、本に出てくる登場人物の影響で人助けをしているのだろうが、それでも実際に行動へ移せるのは凄いことだ。

「あのさ、クロエ……毎回のことで申し訳ないんだけど、さっきのメイドの子に甘いものでもご馳走《ちそう》してあげてくれないかな？　もちろん、僕からお金出すからさ……あと、せっかくだったら他のメイドの人達にも」

しどろもどろで、申し訳なさそうに口にするハルカ。

それを見て、クロエは上品に小さく口元を緩める。

「えぇ、構いませんよ。坊ちゃんのあとフォローも、専属メイドのお仕事ですから」

「いつもありがとうね……あ、分かってると思うけど、僕からっていうのは内緒で」

「もちろんです」

拭き終わった布とハルカが回収したカップの破片を持って、クロエは腰を上げる。

部屋を出る間際、ふと己の主人であるハルカの姿が映った。

可愛らしく、それでいてどこか逞《たくま》しさを感じ、今の表情には貴族らしくもない純粋な感謝の色が浮かんでいる。

(……そういうあなただからこそ、この私が仕えるのですよ)

あ、違いますねと。

己の問答に対してクロエはほんのりと頬を染めながら部屋のドアノブに手をかけた。

(お慕い、でしたね)

その時のクロエの顔は、残念なことにハルカには見えなかった。

ただ、もし見えていたとしても首を傾《かし》げていたことだろう。何せ、まだまだハルカは『幼き英雄』。

一人の女性が向ける感情には、まだまだ鈍感なのだから。

「皆さん、坊ちゃんからスイーツの差し入れですよ」

「「「「きゃー！　坊ちゃん、やっぱり優しー！」」」」

◇◇◇

『幼き英雄』と呼ばれているハルカには少し悩み事があった。

『坊ちゃん、おはようございます』

『相変わらず可愛いですね！』

『クッキーを焼いたので、坊ちゃんもいかがですか？』

屋敷の中を歩き、使用人達とすれ違う度にそのようなことを言われていた。

優しくて、好意的。それでいて、いつも親切にしてくれている。

これは、ハルカが「『影の英雄』になろう！」と決める前からずっと続いており、クズ息子として振る舞い始めてからも継続されていた。

「…………」

だからこそ、ハルカは悩んでいる。

クズ息子たるもの、使用人には真っ先に嫌われないといけないはずなのだから。

「っていう感じで悩んでるんだけど、僕は一体どうすればいいんだろう？」

ハルカの自室にて。

この部屋の主である少年は至極真面目な顔をしながら一人のメイドに尋ねた。

「私の胸を揉めばいいと思います」

「至極真面目な疑問になんてことを!?」

ただし、尋ねた先の美人メイドは胸元を開けて答えるだけ。

程よく以上に育った果実の谷間が眼前に迫ったことにより、年頃のハルカは顔を真っ赤にさせる。

「い、いいかい……女性がみだりに自分の肌を見せるものじゃないよ。クロエも大人のレディーなんだから、少しは慎んだ行動を――」

「坊ちゃんの視線が常日頃胸に注がれていましたので、てっきり要求されているものなのかと」

「べ、べべべべべべべべべべ別に見てないし勘違いなんだしッッッ！！！」

大人のレディーには、お子ちゃまなボーイの視線がどこに注がれているのかお見通しらしい。

「ごほんっ！　それより、どうやったら使用人達に嫌われるかだ」

ハルカは誤魔化すように大きく咳払いを一つ入れる。

そんな可愛らしい姿にクロエは思わず笑みを浮かべると、そのままハルカの隣へと腰を下ろして流れるように抱き締めた。

「大丈夫ですよ、坊ちゃん。充分に嫌われております」

「さっきそこで、クッキーをもらったのに？」

「それは坊ちゃんが可愛らしいからです」

「この前、頭を撫でられたのに?」

「それは坊ちゃんが愛らしいからです」

「……嫌われる問題と同時に、子供扱い問題も解決しないといけない気がしてきた」

これでもハルカは十三歳。

この前歳を重ねたとはいえ、再来年には成人と呼べるお年頃だ。

嫌われたいのは嫌われたいし、子供扱いされるのも男の子のプライド的に許しがたい。

「ご安心ください、私は子供扱いしたことはありませんよ」

「嘘だっ! いっつも僕の頭を撫でて膝枕を強要してくるくせに! こっちはもう十三歳だよ!?」

「ですから、子供扱いはしておりません」

膝枕と頭を撫でる行為の、どこが子供扱いではないのだろう?

他の使用人達と同じ行動をしているはずなのに、と。ハルカは現在進行形で抱き締められながら首を傾げる。

そんなハルカを見て、クロエは――

(まぁ、坊ちゃんが優しいのは周知の事実ですし、『幼き英雄』と呼ばれているのも皆さんご存じですし……嫌う要素がそもそもないのですよね)

ハルカが『影の英雄』に憧れている、というのはここで働く使用人達は知っている。

今までの悪役ムーブも、そのために必要なのだということは理解していて、あとで必ずフォローが入っているのは体験済みだ。

そのため、クロエが思うようにハルカを嫌う要素が見当たらないのは当たり前である。

「うーん……もっと過激なことをして困らせなきゃいけないのかな？　今度、窓ガラスでも割ってみる？　けど、破片で誰か怪我しても困るし……」

しかし、己が『影の英雄』に憧れているとも、『幼き英雄』と呼ばれているとも知られていないと思っているハルカはそもそも気づいていない。

これは周りがハルカのために暗黙のルールを敷いているのが大きいからだろう。

（まぁ、その坊ちゃんの心配も事前に皆に「いつもの〝アレ〟が起こる」と言っておけば大丈夫でしょう）

そう、故にあとフォローを任せているクロエの口がかなり軽いことも、まだハルカは知らないのだッッ！！！

（ふふっ、坊ちゃんは今日も相変わらず可愛いです♪）

クロエはちょっと間抜けな主人を抱き締め続ける。

すると、ハルカの考える声が唐突に止まった。

「……ねぇ、さっきからなにか柔らかいものが当たってるんだけど」

「当てておりますので」

「ねぇ、少しは恥じらいを持たないの⁉　こっちは思春期真っ盛りな男なんだけど⁉」

「ご安心ください、坊ちゃんだけです……私の特権を得られるのは」

「僕おとこだからダメなのでは⁉」

相変わらず、クロエはお淑やかな笑みを楽しげに浮かべるだけで離れようとしない。

そんな美しい女性を見て、乙女心が分かっていないハルカは悔しそうに唇を尖らせるのであった。

しかし、それも一瞬のこと。

すぐさま何かを思い出したかのように、勢いよく立ち上がる。

「そうだ、これだよ！」

「いかがなされたのですか？」

「僕が子供扱いをされるのも、嫌われないのも、僕が無害な人間だと思われているからだ！」

確かに、実際に軽いスキンシップでも顔を真っ赤にし、使用人を虐める時も傷つけないようにいつも配慮。加えて見た目が子供らしく可愛いため、無害で愛らしいと思われているのは間違いない。

かなり今さら感はあるが、とりあえずクロエはハルカの言葉に耳を傾ける。

「娼館へ行こう！」

唐突に、そんなことを言い始めた。

「実際に『影の英雄』は娼館に通っていたらしいし、ここで僕が節操なしって思われれば嫌われることは間違いない！」

「…………」

「女の子を知れば僕だって大人な男で決して無害な男だとは思われない！　一度そういう経験をすれば子供っぽくも見られないだろう……執事さん達は置いておいて、メイドの人達は絶対に僕のことを

──」

ガッ！（クロエがハルカの足を払う音）
ドスッ！（クロエがハルカを組み伏せる音）
ゴッ、ゴッ、ゴッ（クロエが拳を振り下ろす音）

「目は覚めましたか？」

「ぶぶっ……とりあえず、ダメな選択肢だってことはよく分かったよ……ぶぶっ」

腫れた頬を押さえながら、ハルカはいけない行動なのだということを理解した。

それと、このメイドは容赦がないのだということも改めて理解した。

「（まったく、坊ちゃんには困ったものです……そういうのは私がお相手できるというのに）」

今年十九歳を迎える乙女なクロエはブツブツと呟きながら、ハルカの上からゆっくりと下りた。

そんな彼女の姿を見て、またしてもハルカは首を傾げる。

しかし、どれだけ耳を澄ませてもクロエの小言は聞き取れないため、切り替えるようにして体を起こした。

「まぁ、いいや。とりあえず、冒険者ギルドに行こー」

ハルカはそのままクローゼットへ行き、黒いマントと無柄のお面を取り出した。

「持って行かれるのですか？」

「うん、途中で誰か困っている人がいるかもしれないし、念には念をって感じだよ」

ハルカは小さく笑い、手元のバッグにマントとお面を詰め込んでいく。

……やっぱり、彼は優しい。

本来であれば衛兵や騎士が行うべきことを「見捨てられないから」といって助けようとする。

それがなんと崇高で尊いことなのか。傍から見ていたクロエは、ほんのりと頬を染めた。

ただ——、

(『影の英雄』が着ていたマントに似ているからといって、公爵家の家紋が縫われたマントを着るのはどうかと思いますけどね)

まぁ、そんなおっちょこちょいな部分も含めて、仕える主人は可愛いのだ。

クロエは己も腰を上げると、カバンに詰め込み終えたハルカの横にそっと並ぶのであった。

◇◇◇

『ハルカ様！　これできたての串焼きですぜ！　食べていってくだせぇ！』

『ハルカ様、こちら先日調合した薬なので、よろしければ皆さんで使ってください！』

『ハルカお兄ちゃん、こんにちわー！』

屋敷を出て冒険者ギルドまでの道のりを歩いていると、色々なところから声をかけられる。

公爵家の屋敷から一番近い街はこの国でも王都の次に賑わっており、市場は活気に満ち溢れていた。

そのため、ハルカ達が歩いていると色んな人とすれ違い、耳には心地のいい平和な喧騒が届いてくる。

「この街の人ってさ、結構優しいよね。こんなクズ息子にまで声をかけてくれるんだからさ」

モグモグと、可愛らしくいただいた串焼きを頬張りながらハルカは口にする。

その横では――

「…………」

「なに、その生暖かい目は？　今の一言に微笑ましい要素なんてなかったよね!?」

メイド服を靡かせるクロエが、微笑ましそうにハルカを見つめていた。

この人気と慕われっぷりが単純に「街の人がいい人だから」で片付くわけがないだろうに……でも、気づいていないハルカ様可愛い。きっと、今のクロエの心境はこのようなものだろう。

「しかし、最近は益々平和になりましたね、この街も。私が冒険者をしていた頃は、もう少し荒れていたのですが」

「フッ……それも僕のおかげだね」

「なるほど、そうでしたか……であれば、街の人間としてぜひとも坊ちゃんにはお礼を――」

「待って待って待って。なんで君は胸元を開けて僕を抱き締めようと両手を広げる!?　軽い冗談で言った発言へのお仕置きなの!?」

「いえ、坊ちゃんが喜ぶかと」

「そりゃ喜ぶよ、男だもん……でも、この往来で不埒《ふらち》な真似は流石《さすが》にないんじゃないかな!?」

胸元を開けて谷間を露出&両手を広げて迫るクロエを、ハルカは片手で食い止める。

このままでは、公共の場でピンクな雰囲気を醸し出してしまうことに……ッ！

「いいえ、坊ちゃん……往来でこそやるべきなのです」

「何故!?」

「こんな場所でメイドに卑猥《ひわい》なことをさせるというイメージを見せつければ、坊ちゃんのクズ息子としての印象もさらに上がります」

「……ハッ！」

言われてみれば、ハルカの今現在の悩みは『幼き英雄』の正体を隠すために必要なクズ息子というレッテル。

これらを隠すためには、ハルカがクズ息子だということを確固たるものにしなければならない。

であれば、ここで美人なクロエに抱き締められ、「往来でも女の子を容赦なく剝く男」とイメージ付ければ、さらにクズ息子として名は上がるだろう。

「流石だよ、クロエ……君という協力者がなんとも心強い！」

「いえいえ、これもメイドの務めですので」

では早速、と。クロエはハルカに向かって両手を広げた。

ハルカはそのまま胸元に飛び込み、クロエの腰に手を回す。

ふくよかな感触が顔全体に襲いかかり、女性特有の甘い匂いが鼻腔《びくう》を擽《くすぐ》る。加えて、さりげなく頭を撫でられていることによって妙な心地良さも覚え、かなりの多幸感が濁流のように胸に込み上げてきた。

（こ、これは……）

クロエは自他ともに認める美人さんだ。

絵画に描かれているような美姫を連想させ、どこかあどけなさの残る美しい顔立ちは周囲の目を引きつける。さらに、同性でも羨望の眼差しを向けそうな抜群のプロポーションは非の打ち所がない。

そんな相手に抱き締められている現状……いつもからかわれたりしているが、ドキドキしないわけがなかった。

故に――、

「坊ちゃん、凄くドキドキしていますね」

「ッ!?」

耳元で聞こえた声に、ハルカは反射で体を離してしまう。

指摘されたからか、顔は真っ赤に染まっており……なんとも気恥ずかしい空気が辺りを漂った。

「べ、別の方向でアピールしませんか……？」

「ふふっ、意気地なしですね」

「気恥ずかしさがヤバいんだよ……」

と言いつつも、実際にはクロエという女性にドキドキが止まらず離れてしまったわけなのだが、とりあえず当たり障りのない発言で誤魔化《ごまか》す。

ここで素直になってしまえば「え、坊ちゃんは一介のメイドにドキドキするんですか？」などと嘲笑されてしまうかもしれない……きっと、誤魔化したのはそんな男特有の懸念からなのだろう。

とはいえ、別にクロエ的にはそんなこと思わないのだが。むしろバッチコイである。

「さっさと行こうか。今のでだいぶ注目集めちゃったし」

チラチラと、恥ずかしそうに周囲を確認するハルカ。

往来で男女が抱き合っていれば注目を集めるのは必然的だ。それが公爵家のクズ息子（※可愛い男の子）とメイド（※超絶美人）であればなおさらである。

「分かりました、近場の宿屋にご案内します」

「え、なんで一泊？」

「ご休憩ですよ？」

「おっと、流石の僕でも分かったよ。この流れでのご休憩の意味ぐらいッ！　そしてあえて言おう……なんでこの流れでその発言が出てくるのさ⁉」

「先程の抱擁で、坊ちゃんのナニが元気になったと思い……」

「美人の口から聞きたくないワードが……ッ！」

とことん、このメイドはバッチコイのようであった。

「はぁ……君はそろそろ僕が狼さんだと認識してもらっていいかな？　その上で獲物だっていう自覚も持って。クロエはただでさえ綺麗なんだからさ、そんなんだといつ他の男が襲ってくるか分からないよ？」

まぁ、クロエだったら男なんて倒しちゃうんだろうけどね、と。

ハルカはため息をつきながら、上品に笑うクロエを連れて街中を歩いていくのであった。

◇◇◇

冒険者ギルドは、その名のとおり冒険者が集まるギルドだ。

誰かが困り事を依頼し、冒険者が依頼を受けてこなす。こなしていけば依頼主から報酬がもらえ、その貢献度によって冒険者の格付けがされる。

現在、冒険者ギルドに登録されているランクはE～SS。上にいけばいくほど報酬は優遇され、受けられる依頼の幅も広がってくる。

今では、腕っぷしに自信のある人間が真っ先に選ぶ場所とされ、近年かなり有名になってきた職業だ。

そんな冒険者ギルドは、各街に一つは必ず拠点を構えている。

公爵領にある冒険者ギルドの一つに、そんな声が響き渡る。

「たっのも～！」

近所迷惑など考えない楽しげな声はゆっくりとギルドの中へ入っていき、中にいるイカつい人間の視線が注がれる。

それは腕っぷしに自信がある人間が多い故か、鋭く怒気を孕《はら》んだ視線。

ハルカはその視線を受けて何故か少しだけテンションが上がってしまう。

「(これだよこれ！　こう「クズ息子がこんなところになんの用だ?」的な視線が欲しかったんだよ！　うん、これぞクズ息子らしい評価！)」

「そうですか」

テンションが上がるハルカを他所《よそ》に、クロエは視線を冒険者達に向ける。

『クソ……俺らの美姫を独り占めしやがって』

『この人数で突貫すれば、ワンチャン『幼き英雄』を倒せるかも……』

『チィッ！　幸福者アピールかよ……マウント野郎は死ねばいいのに』

どこかからか、そんな声が聞こえてきた。

妙に満足しているハルカは耳に届いていない様子だが、一方のクロエは涼しげな顔。

(坊ちゃんが思っているような視線ではありませんが……)

クロエが片手を持ち上げると、唐突に硝子《ガラス》の剣が出現する。

それを地面に突き刺し、クロエは周囲の冒険者達に視線を向けた。

(どちらにせよ、坊ちゃんに対していい瞳ではございませんね)

実際に向けられているものが思っているものとは限らない。

それを体現しているかのような視線にクロエは威嚇をし、周囲の冒険者達は一斉に怯えて視線を逸らす。

どうしていきなり剣を取り出したんだろ？　と、そもそもの意図に気づいていないハルカは奥にある受付へと歩いていった。

受付には、受付嬢と呼ばれる女性が三人ほど座っており、ハルカ達はその内の一人に声をかける。

「すみませーん、依頼を見せてくれませんかー」

「はいっ、お待ちしておりました！」

公爵家のクズ息子がやって来たというのに、気持ちのいい笑みを向ける受付嬢。

普段なら「こんな僕にもちゃんと接待して……真面目だなぁ」と思っていただろうが、冒険者ギルド内では違う。

何せ――

「元SSランク冒険者であるクロエさんにお願いしたい依頼があるんですよ！」

最も上位である冒険者のランク。

SSまで届いた人間は過去に数えられるほどの人数しかおらず、現在は大陸の中でたった四人程度。

そのため、SSランクまで届いた冒険者は冒険者だけでなく貴族や王族にも注目される存在であり、各所でかなりの待遇を与えられるのだ。

そして、クロエは元冒険者である。

大陸最高峰の頂に若くして到達した人間であり、実のところハルカ以上に名前は広がっていた。

しかし、それでも。二年前に突如として冒険者を辞め、公爵家のクズ息子に仕えることとなる。

そのまま冒険者として働いたほうが今よりいい人生を送れたのに、どうして辞めたのか？　当然思う疑問だ。

もしもそんな質問を投げかけられれば、クロエはきっとこう答えるだろう。

坊ちゃんに救われた身ですので、当然ではないでしょうか、と。

「今思うけど、よくSSランクの冒険者がメイドしてるよね」

「ふふっ、お相手が坊ちゃんだからこそですよ」

「ちょっとイミフ」

お淑やかな笑みを浮かべるクロエに、真顔でツッコミを入れるハルカであった。

「それで、お願いしたい依頼というのは？」

「こちらになります！」

クロエに向かって、一枚の紙を見せる。

そこに書かれてあったのが、

「赤龍《せきりゅう》の討伐、ですか」

「はいっ！　何故か公爵領の外れに現れてしまいまして……それによって、赤龍から逃げた魔物が各地で被害を出しているんです。だから元凶を討伐したいのですが……赤龍は最低でもAランク以上の冒険者のパーティーでないと難しく……」

本当に困っているのであろうと分かるぐらいに肩を落とす受付嬢。

それを見て、ハルカはこっそりクロエの脇腹を突いた。

「(受けてあげようよ、困ってるみたいだし)」

「(お人好しここに極まれりですね。一応、Sランクの冒険者でも単独討伐は難しい赤龍なのですが)」

「(だから?)」

耳打ちをしているハルカが、至極真面目な顔を見せる。

本当に、だから。難しいからといって、断る理由がどこにあるというのか? だって、こうしている間にも困っている人は出てきているというのに。

心優しく、クズと呼ばれる少年は顔を離して真っ直ぐにクロエを見つめる。

それを受け、クロエは思わず口元を綻ばせてしまった。

「失礼いたしました。坊ちゃんがそう仰るのであれば」

クロエは頭を下げると、そのまま受付嬢に紙を戻す。

「でしたら、こちらの依頼をお受けいたします。元冒険者……ではありますが、手続き上は問題ございませんよね?」

「も、もちろんですっ!」

ハルカがクロエを連れて冒険者ギルドへやって来たのは、元SSランク冒険者であれば依頼が受けられるからだ。

冒険者ギルドへ登録もしておらず、ましてや無能と呼ばれるクズ息子であれば門前払いされて終わり。普段であればそのまま悪役らしく癇癪《かんしゃく》を起こして評判を下げて回れ右しようと考えるのだが、冒険者ギルドだけは別。

ここは、困っている人の情報と目的が唯一ハッキリと分かる場所。

困っているから依頼をし、どんな風に困っているのか冒険者が確認する。

これほど人助けに最適な場所はない——故に、ハルカはクロエを連れているのだ。

「本当にありがとうございます、お二人共！」

ぺこぺこと、受付嬢は頭を下げる。

その姿に小さく手を振ると、ハルカ達は背中を向けた。

「信頼されてるね、クロエ。流石は元ＳＳランクの冒険者だ」

「坊ちゃんがそう思うのであればそうなんでしょう……坊ちゃんの中では」

「待って、なんでそんな意味深な発言が返ってくるの？」

徐々に遠ざかっていく二人の背中。

それを見ていた受付嬢は——、

（クロエさんもですけど……あの『幼き英雄』様が受けてくれるなら、たとえ赤龍でも大丈夫ですね！）

と、嬉しそうな笑みを浮かべていた。

◇◇◇

「アリス様、危ないですよ！」

公爵領の外れにある森の中で、一人の騎士が少女の肩を掴む。

しかし、少女は銀の髪を揺らしながら騎士に向かって可愛らしく頬を膨らませた。

「むぅ……お父様の命令でわざわざ足を運んだ私に対して扱い酷《ひど》くない？　労いの精神を持たないと、生涯独身コースだよ？」

「ですが、崖の上で顔を覗かせるなど危ないです！　落ちてしまえば我々ではどうすることも……御身は一国の王女なのですから、もう少し身の危険に敏感になっていただかないと――」

「だって、仕方ないじゃん。高い場所のほうが赤龍を見つけやすいんだし」

それに、と。少女は何か嫌なことを思い出したかのように顔を顰《しか》める。

「……身の危険には、もう充分敏感にさせられたよ」

「…………」

少女の言葉に、横にいた騎士も後ろに控えている騎士も何も言えない。

ジーレイン王国第一王女――アリス・ジーレイン。この少女がつい先日味わった体験を、騎士の皆は知っている。

遠征でパーティーに参加していた帰りに、雇われた盗賊によって襲われた。

幸いにして通りすがりの英雄によって助けられたものの、護衛をしていた騎士は全員が死亡。危うく、アリスさえも死亡者リストに名を連ねるところであった。

もちろん、雇っていた依頼主諸々一時的に解決はしたのだが、あれは騎士にとっても悲劇にほかならない。

だからこそ、アリスが危ない目に二度と遭わないよう配慮しているのだが――。

「お父様も人使い荒いよねー……私の魔術が適任だからってさ」

魔術とは、才能を元にして作られるものだ。

己の体にある魔力を術式に落とし込み、世の事象に干渉する。

ただ、なんでもかんでも術式に魔力を落とせば使用できるわけではない。

得意不得意がどうしてもあるように、魔力を落とし込める術式は限られてしまい……必然的に、己が使用する魔術を己で編み出していくしかないのだ。

そこで、才能というワードが改めて出てくる。

得意不得意がどうしてもあるのなら、得意なもので魔術を作っていくしかない。

故に、己が得意とされる――才能あるジャンルに、魔術師は魔術を寄せていく。

そのため、昨今では『魔術＝才能』と呼ばれるようになった。

「まぁ、私の魔術が『監視』だから、調査っていう意味では適材適所っていうのは分かってるよ。だからこそ、一回赤龍を見つけないといけない……でも、このあと戦闘しようなんて考えてないから安心して！　戦闘向きじゃないし、そっち方面は他に任せる！」

「……今現在、各冒険者ギルドへ依頼を出しているそうです」

「騎士団と魔術師団は引っ張ってこないの？」

「赤龍に対抗できる人材が別件で出張ってしまっているらしく……」

「ふーん……それまで監視して、対処できる時にすぐ動けるようにしようって話か」

それでも女の子が森の中ってどうなの、と。アリスは崖の上から周囲を見渡す。

その時、ふと頭上から大きな影が射し込んだ。

「ん？」

アリスだけでなく、その場にいた騎士達も一緒になって足元に浮かび上がった影のほうへ視線を向ける。

すると、そこには——、

「赤龍⁉」

この場一帯を覆ってしまうような巨大な体。大きすぎるが故の威圧感。辺りでも燃やしてしまうのかと思うほどの赤黒い鱗《うろこ》。

Aランク以上の冒険者や実力のある騎士、魔術師が束にならないと勝てない相手。

それが唐突に現れてしまったことで、アリス達は思わず驚愕してしまった。

（マ、マーキングしなきゃ……ッ！）

目的は達成した。

アリスの魔術は一度視界に入れて脳内で印をした物の動向を全て追えるというもの。

故に、こうして視界に入って反射的に印をつけた時点でアリス達は回れ右して戻れる。

しかし、圧倒的な脅威が遠目ではなく眼前に広がっている。ただひっそりと、姿だけ見て帰るつもりだったのにもかかわらず。

「アリス様！　この場から離れましょう！」

「う、うんっ！」

騎士に促され、アリスは急いで立ち上がって身を翻した。

その時――、

『いきなり逃げんじゃねぇよ、クソ木偶《でく》の坊《ぼう》がァァァァァァァァァァァァァァッッッ！！！』

ズンッッッ！！！　と。

赤龍の体が垂直に勢いよく落下していった。

「はぁ!?」

アリスは巨大な体躯が落下したことに思わず驚いてしまう。

あれだけ大きく威圧を放っていた魔獣が、まるで上から叩きつけられたかのように落ちていくなんて。

崖の下の森一帯がひしゃげているなど、激しい衝撃が崖の上まで届いているなど、もはや気にできなかった。

ただ、目の前の脅威がいきなりいなくなった事実と、空の上から落下してくるマントを羽織った少年の姿があまりにも信じられなくて――。

『や、やっべ……これでクロエがスマートに倒してたら、僕が玩具の扱いを間違えた子供認定されちゃう』

その少年はこちらに気づいている様子もない。

先に落ちた赤龍に視線を向け、緊張を感じさせない雰囲気を見せながら落下していった。

あまりに驚きの連続が続いたことにより、騎士達は皆あんぐりと口を開けたまま固まってしまっている。

しかし、アリスは──、

「『幼き英雄』くん……」

また会っちゃったね、と。

ほんのりと頬を染めながら小さく呟くのであった。

──二時間前。

「よっ、と」

公爵領の外れにある森に、一瞬で二人の姿が現れる。

まるで瞬間移動をしたかのような……いや、実際に瞬間で移動できたのだから「ような」は不要かもしれない。

少し開けた森の芝生の上に降り立ちながら、ハルカと手を繋いでいるクロエは口にする。

「相変わらず、便利な魔術ですね」

「まぁ、自分で言うのもなんだけど才能の賜物《たまもの》だけどね」

ハルカの魔術は『我儘』。

己の定めた感情を解消できるように、一時的に事象に影響を与える魔術だ。

たとえば、目の前の相手を倒すために強大な力を手に入れたり、誰かに会いたいからといって己の立っている場所の座標を移動させたり。

感情の度合いと解消するための方法によっては、それこそこの世の全ての魔術師を凌駕《りょうが》してしまう。

ただし、あくまでハルカが抱いた感情によって左右されてしまうので、気軽に行使ができないものとなっている。お腹も空いていないのに、焼きたてのチキンは食べられない……みたいなものだ。

しかし、基本的にハルカが魔術を使うのは『幼き英雄』として活動している時だけ。

心優しい少年が、困っている人を前にして「助けたくない」などと思うはずもない。

そんなハルカの才能は——英雄。

物語の主人公に憧れる資質を持った人間に相応《ふさわ》しい才能である。

「でも未だに『我儘』っていう方向性にはちょっと後悔してる」

「どうしてですか?」

「『我儘』って子供っぽくない!?」

ハルカが魔術を編み出したのは三年前。

ちょうど我儘が適応されてもまったくおかしくはない時である。

こう、なんていうか……子供の時に書いたポエムが大人になっても残っているような感覚だ。

「ふふっ、決してそのようなことは……そういえば、いただいた飴ちゃんがここにあるのですが」

「飴で機嫌を取ろうとしている時点で子供だと思われているんじゃないかな……ッ！」

悔しそうに拳を握るハルカ。

内心で「いつか絶対に立派なジェントルマンに育ってやる！」と決意するのであった。

「まぁ、坊ちゃんを子供扱いするか否かはひとまず置いておくとしましょう」

「……それ、置く前に結論出てない？」

「それよりも――」

チラリと、クロエは背後に視線を送る。

ハルカの『我儘』は会いたい相手に己の座標を移動して出会えるようなものとなっている。

つまり――、

『グルアァァァァァァァァァァァァァァァァァァァァアッッッ！！！』

「早速ですが、どうやらお仕事のようですね」

木々をも薙ぎ倒す巨大な龍の咆哮《ほうこう》が鼓膜を揺らす。

赤龍は急に人が現れたことに驚いたのか、それとも怒ったのか。明らかな戦闘態勢を取り、ハルカ達に目を向けていた。

そんな姿を見て、ハルカは持ってきたカバンからマントとお面を取り出して着用し始める。

「どうして『幼き英雄』の姿になられるのでしょうか？」

「いや、だって二体いるって話だし、分担したほうがいいでしょ？　クロエと一緒だったら『幼き英雄』が誰なのか分かっちゃうけど、二手だったらこの姿にもなれるしね」

「どうして今の服をお脱ぎにならないのですか？」

「その質問は流石におかしくない⁉」

羽織るだけのマントの下を脱げば、ちょっと一風変わった全裸の誕生である。

「失礼しました。一人だけ脱がれるのが恥ずかしいというのであれば――」

「違う違う！　僕は脱ぐ行為におかしいって言ってるだけで、羞恥から躊躇《ためら》っているわけじゃないから。肩の紐を解こうとするなこの変態ッッッ！！！」

肩の紐が解かれる寸前でハルカの手が間に合う。

危うく実った果実が露《あらわ》になるところであった……綺麗な谷間が顔を覗かせてはいたが。

「ですが、そもそもマントを着る必要はないかと思います」

「さらっと話題を戻したね……」

まぁいいや、と。ハルカはお面越しに不敵な笑みを浮かべる。

「必要がない、だよね？　ふっふっふ……分かっていないな、クロエは」

「と、いいますと？」

「こういう時でもしっかりと対策をしておかないと、ひょんなところで正体がバレてしまうもんなんだよ」

だったらまずはマントを変えたほうがいいのでは？　なんてことを思ったが、もちろん口にはしない。

　こんなにも本に出てくる『影の英雄』に憧れているのだ、気づかれていると知った時はひどく落ち込んでしまうかもしれない……そう、決して「気づいていないほうが可愛い姿が見られる」などとは思っていない。ぇぇ、決して。

「しかし、そろそろマントは新調したほうがいいと思いますね。サイズが合っていないので、動き難いのでは？　今ならメイドの裁縫技術をお披露目いたします」

「いいや、このままでいく！　だって僕は成長期……そう、これから大きくなるんだから！」

「かしこまりました、帰ったら新調しましょう」

「待って、成長するから本当だから！　理解者が早々に僕の身長を見捨てないでッッッ！！！」

　果たして、一般的な男の子の成長期はいつまでだったか。

　クロエは必死にマントを抱き締めて首を横に振るハルカを見てふと疑問に思ってしまった。

『グォアァァァァァァァァァァァァァアッッッ！！！』

　しかし――、
　その時、唐突に背後にいた赤龍が巨大な爪を容赦なく会話をしている二人へ向けて振るった。

「……坊ちゃんとの楽しい会話を妨げるなど、不敬が過ぎますよ？」

　ガキッッッ！！！　と。

　どこからか現れた細い剣が、赤龍の爪を寸前で防いだ。

「まったく……たかがトカゲ風情が、放任主義な育て方をされてかなり調子に乗っておられますね」

クロエは立ち上がり、手のひらを肩へと向ける。

すると、またしてもいきなり虚空から同じような剣が現れ、クロエはそのまま握って赤龍へと歩き出した。

「坊ちゃん、このトカゲは私がいただいてもよろしいでしょうか?」

「あ、うん……別にパンの種類にはこだわらない派の人間だからそこはいいけど」

「ありがとうございます」

クロエは珍しく頭を下げず、ゆっくりと赤龍へと向かっていく。

そんなに大事な話をしたっけ? と、怒っているクロエを見て疑問に思ったハルカだったが、すぐに己も違う方向へと歩き出す。

「まぁ、あっちの相手はクロエがしてくれていることだし――」

言いかけた途端、景色が移り変わった。

開けた森の中ではなく、今度は視界が悪い洞穴の中。その奥からは、赤黒い鋭い瞳が松明《たいまつ》を点けているかのように浮かび上がっている。

「今回も僕の我儘を通させてもらおう。困っている人もいるみたいだしね」

それが開始の合図となったのか、もう一匹の赤龍は洞穴を揺らすほどの咆哮を見せた。

◇◇◇

「さて、クロエのほうは無事に終わったかな？」

森……と表現するには無惨に荒れ果ててしまった場所で、ハルカは額に浮かんだ汗を拭う。

薙ぎ倒された木々はところどころが燃えており、隕石《いんせき》でも落ちてきたかのようなクレーターがあちらこちらに見える。

そして、その中心には目から光を失っている赤龍の姿が。

あれだけ威圧を放っていたというのに、今ではすっかりただのオブジェだ。

「一発殴っただけなのに洞窟からすぐ逃げ出したおかげで、ここがどこかが分かんないんだけど……待ってれば都合のいい送迎馬車とかやって来ないかな？」

公爵領の外れということもあって、この一帯の森はかなり広い。

当初ははぐれても「戦闘音を聞けば合流できるか！」などと考えていたのだが、耳を澄ませど小鳥の囀《さえず》りと草木が燃える音しか聞こえてこなかった。このままでは合流できずに完全に迷子である。

「んー、『我儘』を使って合流したいのは山々なんだけど……戦闘中だった場合、迷惑になる可能性もあるし……」

いきなり現れたことでクロエの気が逸れ、赤龍の攻撃でも食らってしまえば迷惑にしかならないだろう。

ハルカの魔術は便利なのは便利なのだが、邪魔にならない場所に移動する——といった細かな調整は難しい。

故に、歩け歩けでクロエと合流しなければならない。とはいえ、いかんせんメイドの場所どころか己が今どこにいるのかも分かっていないため、一生懸命捜している頃にはお空が茜色に染まってしまうだろう。

このまま迷子にでもなろうものなら「ふふっ、坊ちゃん迷子なんて……お可愛いことですね」など と子供扱いされるのは必須。

『幼き英雄』、絶賛ちょっとしたピンチである。

「……とりあえず、戦利品だけ拝借してこの場から離れるか」

しっかりと倒したと報告するためには、ギルドへ魔獣の部位の一部を提出しなければならない。本来であれば魔獣の死体ごとお持ち帰りをして素材を換金するのだが、今回は素材が巨大すぎる。いくらなんでも、魔術なしの十三歳には持ち運びが不可能だった。

なので、今回は鱗を数枚だけいただくことにする。ナイフを取り出したハルカはそのまま赤龍へと——、

「ね、ねぇ！」

と、その時。

ふとハルカの背後からいきなり声が聞こえてくる。

大きいマントを翻し、そのまま背後を振り向くと……そこには何人もの騎士と、艶やかな銀髪を靡かせる美しい少女が草木を掻き分けてやって来る姿があった。

人気《ひとけ》がなかったはずなのにどうしてここに人がいるのか？　想定外に、ハルカの心臓が一瞬だけ跳ね上がる。

（だ、大丈夫……赤龍の死体があるとはいえ、今の僕はちゃんと『幼き英雄』になってる。中身がクズな美少年だってバレる心配はない！）

マントがまったく大丈夫ではないのだが、もちろんハルカが気づくことはない。

そのため、可愛い十三歳の少年は身バレの心配などせずに堂々と少女へと向き直った。

「どうかしたの？」

「それ……もしかして死んでる？」

それ、というのは赤龍のことだろう。

どこからどう見ても死んでいるようにしか見えないはずなのだが、少女はわざわざ確認したいらしい。

どうしてわざわざ尋ねるのか不思議に思ったものの、ハルカは素直に答えることにした。

「死んでるけど、触って確かめてみる？」

「う、ううんっ！　別に大丈夫！　念のためってだけだったから！」

「そう？」

少女は慌てて首を横に振るのだが、心なしかどこか顔が赤い気がする。

なおさら不思議に思い、ハルカは首を傾げるのであった。

「あの、アリス様」

その時、少女の一番近くにいた騎士がこっそりと耳打ちを始める。

「もしかして、彼は噂の公爵家の……」

「ふんッッッ！！！」

「ぐほっ⁉」

容赦のない肘打ちが鳩尾《みぞおち》に入った。

「(好奇心から生まれた質問を投げるんだったら他所でやれよ他所で。『幼き英雄』様のタブーぐらい聞いたことがあるはずだよね……ねぇ？)」

悶絶《もんぜつ》する騎士の様態などお構いなし。

アリスと呼ばれる少女は目からもの凄いオーラを醸し出しながら、倒れる騎士を見下ろした。

もちろん、離れた場所の小言などハルカが聞き取れるわけもなく。さらにもう一度首を傾げるだけであった。というより、拳がめり込んで凹んでいる甲冑のほうが気になって耳が傾けられない。

「あのー……もしかして、この赤龍の素材がほしいの？」

色々とよく分からないが、わざわざ声をかけてきたということは素材がほしいのかもしれない。

赤龍は討伐難易度が高く頑丈で希少なため、かなりの高値で取引がされることが多い。

そのため、冒険者であれば誰しもが落ちていたら嬉々として宝箱感覚で拾っていく代物だ。

見た目から冒険者ではないのだろうと分かってはいるが、誰しもお金はほしいはず。きっと、彼女達もそういった人間なのだろう。

ハルカはお金に困っていないのでぶっちゃけ討伐の証である鱗をいくつかもらえればいい。差し上げる分には、なんの問題もなかった。

「いや、私達は最近騒がせている赤龍の調査にやって来ただけだから！」

「だったらもう一体ももう少ししたら倒されると思うから――」

「それよりっ！」

「それより」

調査をしに来たはずなのに、少女的には赤龍はどうでもいい話らしい。

「私、アリス・ジーレインと申しますっ！」

ズカズカと少女――アリスがハルカへと近づいて来る。

どうしていきなり近寄ってきたのかよく分からないが、それよりもハルカは目の前の少女の名前に驚いた。

知らない人間はこの国にいないアリス・ジーレインという、この国の王女の名前を。

（お、おっと……なんというクジ運）

ハルカは今まで社交界には顔を出したことがない。

というのも、「クズ息子であれば社交界なんて面倒くさい場所は行かないよね！」などと思っており、律儀にそれを守り続けてきたからだ。

故に、ハルカは第一王女の顔どころかほとんどの貴族の顔を知ってはいなかった。

まさか、第一王女様がこんなに可愛い子なんて……というのが、今の心境である。

「以後お見知りおきを♪　お会いできてちょー嬉しいよっ！」

「あ、はい……ありがと……いや、よろしくお願い、します？」

詰め寄ってきた端麗な顔立ちに戸惑いながらも、ハルカはとりあえず頷いておく。

ハルカの言葉がよっぽど嬉しかったのか、アリスは花の咲くような笑みを浮かべると、そそくさと背中を向けて走り出した。

「今日はこの辺で！　それじゃ、また今度ね！」

アリスが走っていくと、騎士も釣られるようにしてその姿を追いかけていく。

一瞬にして騒がしくなったこの空間がまたしても静けさを取り戻し、取り残されたハルカは一人ポツンとその場へ立っていた。

「な、なんだったんだろ……？」

何か起こるのかと思えば自己紹介だけで終わって。

なんだかよく分からなかった現状に、ハルカは未だに整理ができなかった。

「……まぁ、いっか。いくら僕が公爵家の人間だからってクズな男には美少女なんて寄り付かないって相場が決まってるし」

さっさと素材を回収してクロエと合流しよう。

そう思い、ハルカは取り出していたナイフを持って赤龍へと近づくのであった。

◇◇◇

なんだかんだ、五時間ほど捜し回って無事クロエと合流。

しっかりとクロエと共に倒した赤龍の素材をギルドに渡し、感謝と謝礼をいただき、ちゃんと迷子扱い子供扱いされたその翌日。

「坊ちゃん、どうやら現在、第一王女様が屋敷へお見えになっているそうです」

「何故⁉」

クズな男には美少女は寄り付かない。

そんな相場が崩れてしまった。

第二章 ◆ 第一王女

さて、なんでか第一王女様がうちの屋敷にやって来たらしい。

今まで一度もお会いしたことがなかったのに、一体なんの御用なのだろうか？　いくら公爵家のご子息だったとしても一度も社交界に顔を出していなければ接点は生まれないはずなのに——というのが、ハルカの考え。

一方で、クロエは「どうせどこかで助けてしまったのでしょう」などと肩を竦《すく》めてしまう考えのようだ。

その証拠に、話を持ってきたクロエは現在進行形でやれやれ状態である。

「そ、そういえば、昨日の赤龍の件で冒険者ギルドに呼び出されてたよね……？」

「はい、私がですけど」

「あっ、今からちょっくら人助けをしに行かないと——」

「ただいま洗濯をしておりまして、替えがございません」

「…………」

「…………」

二人の間に静寂が流れる。

そして——、

「どうして僕を逃がしてくれないの⁉」

「逆にどうして逃げたがるのですか」

退路を塞ぎにくるメイド。

相手は一国の王女で、公爵家のただの息子がわざわざ来訪してもらっているのに理由もなく会わないなど言語道断。

しかしながら、理由を作ろうとしても美しい女の子が先程から逃げ道を塞いでくる。

これがなんとも、ハルカの涙腺を刺激した。

「いいかい、クロエ……今の状況は、端的に言うと『何も接点がなく友好関係も築いていない権力者がわざわざ足を運んでいる』っていう不気味で恐ろしい構図なんだよ」

接点ならすでに二度作っているのだが、気づかれていないと思っているハルカはそのことを知らない。

そして「きっと助けたりしたんだろうなぁー」と思っているクロエは適当に聞き流しているだけであった。

「怖くない⁉　普通に怖くない⁉　クズ息子っていう噂は色んなところに広がってるのに、わざわざナンパされに男の家に転がり込んでるんだよ⁉　もうこれってお説教手前のシチュエーションだと思うんだけど！」

「でしたら、ぶん殴って外に捨てればよろしいかと」

「発想が猟奇的⁉」

女の子かつ権力者を平気で殴れる精神は、まだ十三歳のボーイには早かったようだ。

「そこまで仰るのであれば、正当な理由をでっちあげた上で言い放ってしまえばいいのです」

「さっきからクロエにその理由を潰されてるんだけど……一応聞こうじゃないか」

「メイドと一緒にベッドの上でハッスルしているから出直してほしい、と」

「おーけー、分かった大人しく会おう！」

流石にこの理由は言い出し難い。

そう思ったハルカは頬を膨らませるクロエを無視してそそくさと椅子から立ち上がった。

「むぅ……つれないですね、坊ちゃんも」

「……逆に君とのハッスルに首を縦に振るほうが珍しいよ」

「そうでしょうか？」

部屋を出て行こうとするハルカの横で、クロエはそっと胸元のボタンを外す。

「こう見えても、殿方にとってはかなり魅力的な体だと自負しているのですが」

「は、はしたないっ！　今から廊下に出ようとしているのに、なんでわざわざ自分から肌を露出させるの!?」

ハルカは赤くなった顔を逸らして両手で覆う。

しかし、指の隙間からチラチラとクロエの谷間を見ているあたり、だいぶ年頃の男の子である。

「そこまで言うのであれば、坊ちゃんがボタンを留めてください」

「何故に僕!?」

「でないと、使用人達どころか王女様の前でも私の胸が見られてしまうことになります」

「なんて脅しをするんだこの子は……ッ！」

クロエは本当に美しい女性だ。

きっと、男共が今の姿を見れば下卑た視線を向けるに違いない。屋敷には執事や他の使用人もおり、アリスの下には護衛の騎士達もいることだろう。

自らからかうために外しているとはいえ、このままではクロエがそんな男達の視線を受ける羽目になる。

クロエのことをよく想っているハルカとしては、流石に彼女が傷つくような行為は性格的に許せない。

ハルカの優しさに付け込んだ、的確な脅迫である。

「わ、分かったよ……」

ハルカは恐る恐る手を伸ばし、胸元のボタンを触る。

そーっと、極力胸は触らないよう――。

「あっ♡」

「…………」

思春期ボーイメーターが一気に上がった。

「坊ちゃん……擽ったい、です……んっ♡」

「なんでそんな声を出すかなぁ……ッ！」

このまま続けば、眼前にある刺激的な女性の柔肌と色っぽい声でメーターがマックスに……思春期ボーイのナニが元気になってしまう。だから早く留めないとッッッ！！！

「こ、これでいい？」

震える手と色っぽい声に格闘すること数秒。

ようやくボタンを留め終えたハルカは、すぐに離れてクロエの顔を見る。

「そう、ですね……」

「露骨にガッカリするなッ！」

明らかに残念そうなクロエは通常運転。

アリスに会いに行く前から、何故かハルカは疲労感がいっぱいであった。

「はぁ……さっさと会いに行ってさっさと終わらせようよ。家庭訪問って保護者側も生徒側も嫌な行事であることは間違いないし」

「ですが、訪問された内容は分からないのですよね？　身に覚えがない家庭訪問だと、頬を引き攣《つ》らせたままソファーに座り続けるだけになってしまうと思いますが」

「うん、だから適当にいつもの感じで悪役ムーブに徹するよ。クズ息子として話していたら、肩を落としてすぐに帰ってくれるもんね」

今までがそうだったし、と。扉を開けて廊下に出るハルカ。

その後ろで、クロエは少しだけ首を傾げた。

（本当にそれで終わればよろしいのですが……）

自分のためにも、と。

クロエはそのままハルカの横に並んで歩いていった。

◇◇◇

さて、ここでもう一度改めて言っておくが、ハルカはアリスが来た目的を知らない。

確かに昨日会ったのは会ったが、それも念のために変装しておいた『幼き英雄』状態だった。

このクズ息子としてのハルカとはそもそも面識がなく、特段訪れるようなイベントも予定も組み込まれてはいなかった。

本当に疑問、不思議。

それでも、今目の前にいるのは――、

「突然押しかけてごめんね、ハルカくん♪」

公爵家の屋敷の中にある客間の一つ。

そこで艶やかな銀髪が印象的な少女――アリスは、可愛らしいウインクを見せていた。

なんともクズ息子に相応しくない態度。侮蔑や軽蔑の視線を浴びないことに、ハルカは思わず頬を引き攣らせる。

だが、ここでめげない折れないハルカくん。

第一王女を相手に、悪役ムーブに徹するために……足を組んで言い放った！

「ふんっ！　なら帰ってくれないかな！」

「やばっ、頑張って不遜な態度をしようとしてる生ハルカくん超可愛くない!?　私の魔術で『監視』しちゃってもいいかな!?」

ハルカ、めげそう。

「(クロエ……なんかこの人おかしいぃ)」

ハルカは悪役ムーブが通じない女の子を見て、涙目を浮かべながら後ろで控えるクロエへアイコンタクトを向ける。

そして、潤んだ瞳を受けたクロエは相槌をしっかりと打ってカメラを片手に――。

「(えぇ、まったく……坊ちゃんの不遜っぷりを見てもあのような態度とは、不思議なものです)(パシャ)」

「(待って、なんでカメラ持ってるの？　撮ったの?)」

せっかくの涙も、メイドの意味不明な行動への疑問によって引っ込んでしまう。

「坊ちゃんの可愛いお姿を記念に、と」

「言っとくけど、君もあっちとほぼ同じ反応だからね!?」

よく分からない反応をする人間がもう一人増えてしまった。

そのため、せっかく悪役ムーブをしていたハルカは「うーん」と腕を組んで可愛らしく頭を悩ませてしまう。

「（ふむ、おかしい……後ろの残念美人はともかく、王女様が何故あんな反応なのか皆目見当もつかない。もしかしたら、王女様はヒモを製造したい特殊な性癖をお持ちなのかな？）」

王女相手になんてことを……と、もし小言が誰かに聞こえていたら怒られていたことだろう。

しかし、この場にハルカの小言を聞いている者はおらず、アリスが胸に手を当てて話を切り替えた。

「ごほんっ！　改めて、ジーレイン王国第一王女――アリス・ジーレインです」

「（ガッツリ二回目以上ではありませんか）」

「クロエ、何か言った？」

「いいえ、なんでもございません」

何か言ったような気がしたが、本人が否定したので気にしないようにするハルカ。

それよりも、二回目とはいえ名乗られてしまったのでこちらも名乗らねば。

ただし、通じているかどうかも分からない悪役ムーブは忘れずに。

「僕の名前はハルカ・アスラーンだ！」

「ふふっ、よろしくね」

どこか「背伸びをする子を見守る姉」のような構図に見えなくもないが、クロエはツッコまない。

こういう時は、ボールを投げられない限り壁の花に徹するのがメイドの役割だからだ。

「しっかし、本当にあの『鬼姫』がメイドしてるんだねぇ？」

アリスはハルカの傍に控えるクロエを見て口にする。

『鬼姫』というのは、クロエの冒険者時代につけられた異名だ。

剣を振るう姿が鬼神のようであり、凛とした態度、絶世の容姿からそう呼ばれているらしい。

「二年前より坊ちゃんに仕えております」

「あのSSランク冒険者がメイド、かぁ……お国としてはもったいない気がするんだけど、そこんところハルカくんはどう思われますか、あんさー？」

「え？　別にほしいならあげてもいいですけど――」

スパァァァァンッッッ！！！

「あ、あのさ……大丈夫？」

「……ごめんなさい、クロエは僕だけのメイドなんです」

「いや、それは冗談だったんだけど……首の角度、えぐいことになってるよ？」

何故だろう、後頭部と首関節がかなり痛い。

そして、後ろでスリッパを片手にフルスイングが終わったあとのようなモーションをしているクロエの目がかなり怖い。

「だ、大丈夫なんでお話続けてもいいですか……？」

「お、おう……ハルカくんが言うなら私は構わないよ」

これが二人のスキンシップなのかと、初見のアリスは固唾を呑んだ。

しかし、それはそれで羨ましい……そんなことを思ってしまったからか、アリスは急にからかうような笑みをハルカへと向けた。

「口調」

「はい？」

「口調戻ってるぜ」

しまったと、ハルカは慌てて口を押さえる。

それが面白かったのか、アリスは楽しそうに笑った。

その年相応で可愛らしい顔に、思わずハルカはドキッとしてしまう。

「別に無理しなくてもいいよー！　敬語なんていらないし気にしないし！　むしろ、気軽に話してくれたほうが嬉しいかなー？　私も、もう崩しちゃってるしねー」

いや、気を使っているわけではなく単にクズ息子だと思われたいのだが、それを正直に言えるわけもない。

一瞬どうしようか悩んだ結果、ハルカは小さくため息を吐いた。

どうせこのまま続けても、悪い印象はなかなか与えられそうにもない。早く帰ってもらうためにも、相手の要求を呑んだほうがよさそうである。

「はぁ……これでいい？」

「きゃー！　ため息ついてるハルカくん可愛いー！」

何故か涙が出てきそうになったハルカであった。

「それで、アリス様……一つお伺いしたいことがあるのですが」

その時、傍で控えていたクロエが初めて自分から手を挙げる。

「何かな？」

「先程からアリス様の護衛の騎士が見受けられないのですが……もしかして職務放棄でしょうか？」

会議中であろうとも、団欒《だんらん》の最中であろうとも、家格の高い貴族は必ず護衛を傍に控えさせる。

ハルカは己自身が護衛など必要ならないぐらいに強く、騎士よりも腕っ節に長けているクロエがいるために不要なのだが、アリスに至っては誰も控えていない。

同じ護衛という立場にいる人間だからか、壁の花に徹するはずのクロエは思わず疑問を口にしてしまった。

「あー、今うちの人達は生活用品を買いに行かせてる！」

「……はい？」

「えーっとね、つまり——」

そして、アリスはそんな疑問を解消させるために、少しだけイタズラめいた笑みを見せるのであった。

「少しの間だけ、ここに住まわせてくれないかな？」

しばらく泊めてほしい。

そんな発言を、突然屋敷にやって来たアリスからいただいてしまった。

◇◇◇

もちろん、ハルカは首を横に振りたい所存。一緒に住んでしまえば己が『幼き英雄』だとバレてしまう恐れがあるから。

憧れている『影の英雄』になるためには、裏で人助けをしているとは悟られてはいけない。

クロエとは過去にした約束があるから彼女は別なのだが、ハルカ的には他に例外は出したくない。もう露見していることはさて置いておいて。

しかし、どうやらアリスは事前にハルカの父である現公爵家当主に許可はもらっていたらしく、すでに「ほしい」と言う割にはガッツリ退路を断っていた。

そして、居座ることが確定して涙を流したかったハルカは現在、またしても街の中を歩いていた。

「へぇ〜、今から冒険者ギルドに行くんだ」

肩元からそんな声が聞こえてくる。

耳元に届く優しい息が届き、腕に伝わる柔らかさと鼻腔を擽る甘い香りがハルカの顔を赤くさせた。

「それって、赤龍を倒した報酬もらうため？」

「あーうん、そうなんだけど……なんでさっきから抱きついているわけ？　すっごい歩き難いし動き難いしのバーゲンセール状態なうです」

「ふっふっふー……こういうのお好きでしょ、ハルカくん？」

「いや、別に好きってわけじゃ——」

「なわけないでしょう」

ハルカが言いかけた時、二人の間にクロエの手が入り込む。

そして、アリスの肩を思い切り掴んでそのまま引き剝がした。

「……なーにするのかな、メイドちゃん」

「坊ちゃんは腕に抱きつくよりも、背後から抱き締めて頭を撫で撫でしてあげるほうがお好きなのです。間違った知識で胸を張るなど、阿呆が露見して滑稽《こっけい》ですよ？」

「待って、別に僕はその行為に好意を持っているわけじゃないんだけど」

「あっはっはっはー……フランクに接してほしい派の私だけどさー、流石にフランクが過ぎないかな、私はこれでも王女だぜ？」

ハルカの主張などむなしく、横でクロエとアリスが火花を散らし始める。

基本的に心優しい性格のハルカは『どうせなら仲良くなってほしい派』の人間なのだが、何やら思っているのとは違う光景だ。喧嘩するほど仲がいいというポジティブ思考でいれば、この景色も綺麗に見えるのだろうか？

「ふふっ、王女であれば誰でもひれ伏すと思っているなら大間違いです。こと坊ちゃんに関することであれば、私の勝利は揺るぎません」

「ふーん……ここで、腕っ節で勝負するんだ。確かに君は元ＳＳランクの冒険者だけどさ、それは自ら有利な土俵に逃げているって表明しているもんじゃ――」

「いいえ、違いますよ」

何を言っているんだと、アリスは首を傾げる。

クロエはそんなアリスへトントンと、己の胸へ指を差した。

「…………」

そして、アリスは己の胸へと視線を落と――

「こんっっの、クソ[redacted]（↑自主規制）がァァァァァァァァァァァァァァッァァァァァァァァァァッッッ！！！」

「待って、アリス！　王女として以前に女の子としてアウトな発言は流石に控えるんだッッッ！！！」

堪忍袋の緒が切れたアリスがクロエへと掴みかかろうとし、ハルカは慌てて腰にしがみついて制止する。

まぁ、確かにアリスは程よく実っているとはいえ、クロエの豊満よりは慎ましい。

別に大きいほうがいいと決まっているわけではないが、それはあくまで男の世界の話。

女性にとっては、胸の大きさで人間の優劣が決まるのだッッッ！！！

「小振りでもロマンがあっていいじゃない！　僕は別に大きくなくても大きくても好きだよ！」

「という気休めのフォローです」

「○▽×※○＞％＃□ッッッ！！！」

「本当にクロエはアリスになんの恨みがあるの!?」

あの赤龍ですらパンチで沈めるほどのハルカが、食い止めるだけで精いっぱい。

必死で往来の中喧嘩をしないようにしているハルカを他所に、クロエはそっぽを向いた。

「(だってこの女、絶対に坊ちゃんに惚れてますもん……)」

もちろん、激昂して何を言っているか分からなくなっているアリスの傍でそんな小声を言っても聞こえるわけもなく。

クロエは唇を尖らせながら、最後に「ばかっ」と口にするのであった。

◇◇◇

「いやー、ごめんねハルカくん。お姉ちゃん、みっともないところ見せちゃって」

それから本当にしばらくして。

申し訳なさそうに、アリスが歩きながらハルカの頭を撫でた。

「(早速、私のアドバイスを実行してますね)」

「(もうクロエ、しゃらっぷ)」

これ以上美少女が王女と女の子の威厳を損ねないよう、なすがままにさせているハルカがアイコンタクトでメイドを叱る。

元より、胸が大きいマウントを取らなければこのようなことにならなかったのだ。

これでは、クズ息子としての威厳がただのお子ちゃまボーイに掻き消されてしまう。元よりないのだが。

「そういえば聞いてなかったんだけど、どうしてアリスは僕の屋敷に住むことになったの？　物見遊山《ものみゆさん》？」

「この領地に気軽に足を伸ばせる癒やしスポットなどありましたでしょうか？」

「うん、ごめん。多分ない」

自分で口にしておいて寂しい街だなーと、ハルカは活気溢れるこの場所を見渡して思った。

「……それはちゃんと言っておかないといけないね」

アリスはハルカの頭から手を離して歩き出す。

「元々、赤龍の調査でここに来てたんだけどさ、どこかの誰かさんが倒してくれたおかげで予定が空いちゃったんだよ」

「クロエすごいねー！」

「坊ちゃん、棒読みが酷いです」

「だから観光っていうのもあるんだけど、実はさ――」

アリスはグッとハルカへ近づける。

端麗な顔立ちが眼前に迫って胸が一瞬だけ高鳴るが、それよりも「覚えてる？」といった投げかけるような瞳が少し不思議であった。

それでも、アリスは言葉を続ける。

「私、今命を狙われてるの」

続けた言葉は、なんとも重たいものであった。

第三章 ◆命を狙われる理由

赤龍は倒された。

それは行商人や近くの村の人々、この街の住民にとっても朗報である。

圧倒的脅威である赤龍がいなくなったとなれば、しばらく追い回され行き場を失った魔獣が各地に溢れることもなくなり、赤龍に襲われると頭を悩む必要もなくなった。

おかげで、街は昨日に続いて本日もお祭り騒ぎ。先程はアリスの暴走によって気に留められなかったが、改めて街を歩いているとどこもかしこも日中なのに酒を楽しそうに飲んでいる姿が見える。

ハルカはそんな様子を見て「平和になってよかった」と、クズ息子らしくない優しい瞳を向けていた。

そして、そんなハルカ達は現在昨日に引き続いて冒険者ギルドへとやって来ている――。

「たのもー！」

冒険者ギルドの扉を思い切り開け放ち、ハルカがズカズカと入っていく。

それだけで、周囲の鋭い視線が一身に集められ、ハルカは妙な心地よさを覚えてしまった。

「そう、これだよこれ……はぁー、この屈強な野郎から与えられる厳しい瞳が極楽浄土ぉ」

「ハルカくんって、お尻を叩かれたほうが嬉しさを感じる特殊な性癖でもお持ちなの？」

「坊ちゃんは少々変わっておられますので」

確かに、ハルカが思っているような意味合いとは違うものの、今日も「クソ、美人が増えやがってあのガキ……ッ！」な妬《ねた》み嫉《そね》みの視線を浴びて心地よさを覚えるのは、少々変わっているかもしれない。

とはいえ、今日の視線はいつもよりどこか違うようで――。


『美人が一人増えているのはいただけねぇが……一匹はあいつが赤龍を倒してくれたみたいだな』

『しかも、俺達がこうして酒を飲んでいる分も赤龍の討伐報酬から捻出してくれたみたいだぜ』

『クソッ……顔もよくて性格もいいとか、羨ましいぜ』

『っていうか、なんで王女様が『幼き英雄』と一緒にいるんだ？』

『どうせ、ハルカ様がいつものように助けたんだろ。とりあえず、我が次期領主様に乾杯！』


ジョッキを合わせる音と、そんな声が耳に届く。

しかし、耳に届いたのはアリスとクロエだけ。ハルカは嫉妬の眼差しに心地よさを覚えたまま天井を仰いでいるだけであった。


「噂では聞いてたけど、ほんとにハルカくんの正体って筒抜けなんだねぇ。よく今まで膝を突いてしまう情報がハルカくんの耳に入らなかったもんだよ」

「これも街の人間のチームワークの賜物ですね。いくら風貌が悪くても、可愛い子供の笑顔を守ろうとしてくれるところは高評価です」

「っていうか、なんかハルカくんが一匹倒したって情報が出回ってね？」

「無論、坊ちゃんの雄姿と魅力を伝えるのもメイドの責務です」

正体が広まっている原因はこいつにもあるんじゃねぇかな？　と、アリスは飄々《ひょうひょう》とするクロエにジト目を向けた。

「そういえば、先程の話の続きですが」

「あー、私が命を狙われてるって話？」

「そうです、王女が命を狙われやすいポジションにいるのは分かり切っておりますが、堂々と宣言するぐらいです……何か、ご事情でも？」

王女は各種方面から狙われやすい人間だ。

これは王女に限った話ではなく王族貴族であれば誰もが該当するのだが、それが分かっているからこそ、あまり自分が「狙われているんだ！」などと公言することはない。

しかし、アリスは二人を前にして言い放った。

つまり、狙われやすいのではなく現在進行形で狙われていると……確証があるのだと言っているのだ。

「最近、国王が次期国王を決めようとしているって話は知ってる？」

「えぇ、一応は」

「表立って勢力が強くて候補として筆頭なのが第一王子、そんで次が第二王子。私は国王なんて興味ないから早々に放棄して第一王子派閥に属してる」

そそくさと受付のカウンターに向かったハルカの背中を見送りながら、クロエは口を開く。

「第一王子派閥の勢力を減らすために第二王子がアリス様を狙っている……と、安直な考えは不正解ならない。

いくら動機があっても、繋がりや物的証拠がなければ立証することなど不可能で、諸々の解決には
「でも、証拠はない。だから、私は命が狙われ続けている間に証拠を探さなきゃいけない」

事件でも、明確な証拠がなければ相手を犯人だと断言できない。

「……確証はあるのでしょう?」

「いぐざくとりー……正解は単純なんだけど、ことは単純じゃないから厄介なんだよね」

ですか?」


こいつがやったんだろうなー、ではダメなのだ。

自らの平和を取り戻すためには、命を狙われ続けて囮《おとり》という役割をこなしつつ、証拠を手に入れなければならない。

「だから、公爵領に泊めてもらうことにしたんだ。私が知る中であの屋敷が最も安全で最も信頼できる人が住んでいるから」

信頼できる人、というのは言わなくてもいいだろう。

クロエにも、その人間に心当たりがあり……同じように最も信頼しているから。

部下に証拠を探させている間に、己は身を守ればいい。時間は稼げるし、囮としての役割を果たしつつ命を捨てずに済む。

「……ハルカくんには申し訳ないことをしていると思うけどね」

あとでちゃんと話すよ、と。アリスは申し訳なさそうな顔をしながらこちらに背中を向けている遠

くのハルカへ視線を送る。

その時、ふとクロエがアリスの頭に手を置いた。

「まぁ、問題ないでしょう」

「……何が？」

「坊ちゃんは困っている人がいれば否が応でも手を差し伸べます。それが、己の憧れた『影の英雄』だと信じていますから」

無論、それだけではない。

クズ息子には相応しくない根っからの善人。他人を気遣え、見捨てられず、泣いている人間を放っておけない……ある意味、物語に出てくる『影の英雄』に相応しい資質を持っているのだ。

たとえアリスが申し訳なさそうに事情を話したとしても「帰れ」などとは言わないだろう。

それどころか、初めの態度から一変して「ここにいればいい」と強い言葉で言ってくれるはずだ。

そう、クロエは確信が持てる。

そんな話を聞いて、アリスは――。

「……ほんと、かっこいいなぁ」

頬を染めながら、少し離れた場所にいるハルカへ熱っぽい視線を送るのであった。

「坊ちゃんは可愛い枠でもありますよ」

「ふふっ、違いないね」

先程の申し訳なさそうな顔はどこに行ったのか、アリスはクロエと一緒に晴れ晴れとした表情を見せながらハルカの下へと向かった。

◇◇◇

冒険者ギルドへもう一度訪れたのは、赤龍討伐の報酬と事後の確認である。

先日倒した際にはしっかりと鱗を提出したとはいえ、すぐに「はい、じゃあこれお金！」などとはできない。

冒険者ギルド側もしっかりと本物かどうかを確かめてお金の用意をしなければならないため、大抵の依頼は後日精算となるのだ。

とはいえ、

『坊ちゃん、赤龍の報酬はいりますか？　私は坊ちゃんとの添い寝以外いりませんが』

『え、僕もいらないから適当に配っていいよ？　っていうか、僕との添い寝は報酬枠なの？』

と、昨日話した太っ腹なハルカ。

赤龍の討伐報酬は通常の報酬とは比べ物にならないぐらい額が大きい。それを全額配っているのだから、本当に太っ腹以外の何ものでもないだろう。

今日そこかしらでお酒を飲んでいる人間を見かけるのは、ハルカが寄付した結果である。もちろん祝いもかねてなのだろうが、大半はハルカへの感謝と喜びだ。

こんな貴族は正直滅多にいない。今日も公爵領の皆はハルカの話で持ち切りである。クロエが倒したと報告して、クロエが皆にご馳走したとしているはずなのに。

そして、報酬を配ったはずなのにハルカ達がもう一度冒険者ギルドに足を運んでいる理由は、残った事後の確認である。

「死体は適当に山へ放置しております。あとは勝手にそちらで拾ってください」

「雑ですね⁉」

体裁的にハルカだけでは事後の確認が取れないとのことで、合流したクロエが受付嬢に報告をする。

あまりの雑っぷりに受付嬢は驚いたが、気を取り直して咳払いを一つ入れた。

「ごほんっ！　え、えーっとですね……かなり外れの森となると範囲が大きく、できればやっぱり詳しい場所を教えていただけないとギルドの者が確認や回収に向かうのに時間がかかってしまうので……」

「赤龍は大きいから普通に飛べば死体ぐらい余裕で確認できるよね？」

「ハルカ様……普通はお空って飛べないんですよ」

確かに上から見れば戦闘の跡や図体の大きい赤龍は見つけられるだろう。

しかし、それはあくまで上から見下ろせる場所にいた時の話。普通は飛んで確認するという芸当などできないのだ。

「とはいえ、一匹の居場所は大まかで分かりますが……」

チラリと、クロエはハルカのほうを見る。

己が倒した分は分かるが、あの時はハルカが歩いてクロエを捜し、それから合流したので片方の居場所は分からない。

答えたいのは山々だが、知らない分は答えられないのだ。ハルカ以外。

ただし、ハルカはこの場では答えられない……赤龍の討伐に、無能でクズな男がそもそも向かうはずがないのだからッッッ！！！

「申し訳ございません、忘れてしまいました」

「そ、そうですか……こちらも倒していただいた方に無理を言って申し訳ございません」

ぺこりと、受付嬢が頭を下げる。

その時、先ほどから横でアリスがテーブルの上に広げられている地図の一部を指さした。

「あ、赤龍ならこの位置にいるよ」

「何故分かるのです？」

「赤龍の調査をしていたからね。それに、私の魔術は『監視』なんだよ……ちょうど、どこかの誰かさんが倒した現場にいたから分かるんだー」

アリスの言葉に、そっとハルカはクロエの後ろに隠れる。

気づかれてはいないと思うが、念のため視界には入らないほうがいいと本人は思った。

「そうなんですね、ありがとうございます！　それと、もう一つございまして」

「まだあるのですか」

「うぅ……だって、あまりにもクロエさん達が寄付してくださった報酬の額が大きくて、上から「本当にいいのか」確認しろと……」

正直な話、今回の報酬は全員にお酒を振る舞っても有り余る。

確認しろ、と言ってはいるが……結局のところ、冒険者ギルドも持て余しているのだろう。

「(クロエ、それは孤児院の復興にでも充《あ》ててって言って)」

「(そういうのは領主様の仕事なのでは?)」

「(寄付ぐらいならどこでもできるでしょ。あと、うちがいきなり寄付したって驚かれるだけだし、いっそのこと元SSランクの冒険者であるクロエからって言われたほうが気も楽だと思うんだよ)」

あくまで寄付。

己の懐には入れようとせず、誰かのためになることを。

ハルカはそんな優しさをクロエの後ろに隠れながら口にする。

(ハルカ様……っ!)

(ハルカくん、本当に優しい……)

この近距離の小声ぐらい近くにいる者は聞き取れてしまうもので。

受付嬢とアリスはハルカの慈善にかなり感動していた。

「か、畏《かしこ》まりましたっ! そういうことであれば、冒険者ギルドが責任もって孤児院へ寄付……あとは、困っている人に配ろうと思います!」

「あ、うん……ありがと。あれ? なんで分かったの?」

聞こえているとも知らないハルカは何故伝わっているのか首を傾げる。

「なんだぁ？　なんでこんなところにガキがいやがる？」

ふと、背後から大柄な男が近づいてきた。

身長はハルカの二倍ぐらいありそうだろうか？　屈強な体つきと背中に背負っている大剣が只者でないと思わせる。

『お、おい……あいつ『幼き英雄』に喧嘩売りやがったぞ』

『確かあいつは他所から赤龍を討伐するために来たんだったか……ご愁傷様だな』

『巻き込まれる前にどっか行くか？』

『そういや、あいつって色んなところで問題起こしてるやつだったな』

男が話しかけた時点で、周囲の冒険者達がざわつき始める。

後ろにいる受付嬢はオロオロとし始め、アリスとクロエに至っては顔を顰めるばかりだ。

だがしかし、当の本人であるハルカは違う。

「あん？　僕を公爵家の息子だと知って話しかけてんのか！」

久々の悪役ムーブ。

最近なかなか「調子乗った貴族の息子」扱いされなかったことによりなかなか表に出せなかったクズ息子フェイスだ。

喧嘩を売られたというのに、何故かハルカは楽しそうである。

「ここはガキが来るところじゃねぇんだ、さっさとそこの姉ちゃん達を置いて帰りな」

「ん？　なんでクロエ達？」

「あ？　そんなの俺が楽しくさせてもらうからに決まってんだろ！」

しかし、その悪役ムーブも一瞬のことで。

ハルカの額に、小さな青筋が浮かんだ。

「(ねぇ、こいつって私のこと知らないのかな？)」

「(まぁ、社交界に出ていない人間であればなかなか王女様のお顔など拝顔する機会などございませんので……、実力差も分からない阿呆には違いありませんが)」

男の下卑た視線を受け、ハルカの横でヒソヒソと話し合う二人。

屈強な男を前にしても動じないのは言ったとおり実力があるからか？　それとも、この先の展開を予想しているからか？　クロエは肩をすくめてとりあえず一歩後ろへと下がった。

「ガキにはもったいねぇよ、そこの女は。俺に物を寄こしてさっさと家に帰ってママのおっぱいでも吸ってるんだな」

そう言って、男はハルカの肩を押して二人の前へ出ようとする。

「……僕に何かを言うのは望むところなんだけどさ」

ガシッと、男の腕が掴まれる。

その瞬間、何故か男の体が文字どおり宙へと浮いた。

「女の子を物扱いしてんじゃねぇよ、このクソ野郎が」

ガガガガガガガガガガガガガガガッッッ！！！　と。

ハルカのフルスイングによって、男の体がギルドの外まで投げ飛ばされた。

その後、現れる一瞬の静寂。

だからこそ、我に返るのも早かった――。

（や、やってしまった……）

フルスイングを終えたモーションのまま、ハルカは頬を引き攣らせる。

まさか、こんな大勢の前で自分の魔術を使ってしまうとは。しかも、マントもお面もつけていないクズ息子の状態で。

このままでは、もしかしたら己が『幼き英雄』だと露見してしまう恐れがッッッ！！！

「坊ちゃん……私は嬉しいです。私のために怒っていただいたなんて」

後ろからクロエが外聞関係なく思い切り抱き締めてくる。

ふくよかすぎる柔らかさが背中越しに伝わるが、今はそれどころではない。

「ハルカくんかっこよかったよ～！　私、思わずキュンとしちゃった♪」

横からアリスが外聞関係なく腕に抱き着いて来る。

程よい柔らかさが腕越しに伝わってくるが、今はそれどころではない。

「むっ、離れてくださいアリス様。坊ちゃんの体は私のものです」

「そっちこそ、無駄に大きい脂肪なんて押し付けないでハルカくんから離れたら？」

「坊ちゃんは私のために怒ってくださったのです」

「は？　私のためだし」

ハルカの傍で、二人の火花が散り始める。

再三言うが、ハルカは今それどころではないのだ。

(ど、どうする……ッ!?)

お姉さん達に抱きつかれながら、ハルカは辺りを見渡す。

案の定、小さな男の子が二倍以上の体格をした人間をぶん投げたことにより固まってしまっている。

その視線は全てハルカへと注がれており、これは紛うことなき身バレのピンチであった。

(し、思考を巡らせろ……この状況からうまく切り抜ける方法を！)

周囲の視線を浴びながら、ハルカの思考がフル稼働する。

考えるという行為を深く。底知れぬ至高の海へと潜り込め。

さすれば、この状況を切り抜けてクズ息子としての威厳を取り戻すのだッッッ！！！

「……き」

フル稼働にフル稼働を重ねた結果。

ハルカはようやく、ゆっくりと口を開いた。

そして――、

「騎士団長の息子である僕は、腕力が凄いのさっ☆」

……なんとも安直な発想が出てきた。

「(坊ちゃん、言い訳にしては少々見苦しいかと)」

「(君はどっちの味方なの!?)」

ハルカが思わずツッコミを入れてしまうが、クロエは首を横に振るだけ。

騎士団長の息子だからといって、別に腕力が強く生まれてくるわけではないのだが……どうやら、ハルカはそこに至らないようだ。

「(いい？　騎士団長の息子だったら戦えなくても腕力ぐらいは遺伝で引き継いでるかもしれないでしょ？　そういう「かも」が、信じられない光景を生み出す要因となるんだよ)」

この内緒話をすぐ横で聞いている人間がいるということにはいつ気づくのだろうか？

しかし、そんなおっちょこちょいな部分も可愛いので、クロエはとりあえず首を縦に振っておいた。

「(なるほど)」

「(だから僕はこれで押し通す！)」

見ていなよ、と。ハルカはクロエから視線を戻して前を見る。

そして、高らかに声を発するのであった。

「いいか！　僕は力だけは強い！　それも、あの男を投げ飛ばせるぐらいに！」

『『『『…………』』』』

「平民風情が僕に逆らうと、皆あんな感じで投げ飛ばしてやるからな！　だから、これからは僕を尊敬し、崇め、僕の機嫌を損ねないようにするんだ！」

転んでもただでは起きないハルカくん。

できる限り、クズ息子としての威厳を高めるために悪役ムーブを続ける。

傲慢で、癇癪持ちで、何をされるか分からない。そこに暴力という要素が加わったことに、皆は恐れ、媚びへつらうことだろう。

案の定、周囲の冒険者達は皆黙って何も言えなくなっていた。

(うんうん、そりゃぃつ自分も投げ飛ばされるか怖くなっちゃうよね)

そんな反応に、ハルカは美少女に抱きつかれながらご満悦な表情を見せる。

フォローができたのであれば、もうここに用はない。

ハルカは黙って静寂が広がったギルドの空間を横断するように、扉へ向かって歩き出す。

「……ねぇ、歩きづらいから離れてくれない？」

「私はもう少しこのままがいいです」

「私もー」

「かっこよく立ち去りたいんだけど、僕は⁉」

とはいえ、身長差がある美少女二人に抱きつかれている現状はなんとも不格好で。

ハルカは少し威厳を損ねそうな姿で冒険者ギルドを出て行くのであった。

◇◇◇

　ギルドの中に残ったのは、ハルカの悪役ムーブを受けて固まっている冒険者達。

　この中にはハルカのクズ息子らしい傲慢さを初めて見た者も、もしかしたらいるのかもしれない。

　故に、ハルカ達がいなくなったあとは緊張の糸が切れたかのように――。

『す、すっげぇな……『幼き英雄』の魔術』

『男を平気で投げられるんだぜ？　しかも、どうやら『幼き英雄』の魔術は赤龍も殴り飛ばせるらしい』

『はぁ……悪ぶるハルカ様、可愛かったわ～』

　ハルカが聞いたら膝から崩れ落ちそうな呟きを、各々口にするのであった。

第四章 ◆ 襲撃

三人で冒険者ギルドへ行ったその日の夜。

今日からお泊まりが始まるということで、公爵家の屋敷は大忙しだった。

護衛の騎士達の部屋を用意し、王女ということもあって豪勢な食事を提供。とはいえ、事前に現当主が使用人達に来訪を予《あらかじ》め伝えていたため、特段ハプニングなどは起こらなかった。無論、何故かハルカには伝えられていなかったが。

伝えられたのは、アリスがお泊まりをすることになった理由ぐらいだ。

慌ただしい時間も落ち着きを取り戻した頃にはすっかり辺りが暗くなってしまっている。

時間的にも、そろそろ就寝の準備。

ハルカはアリスが来たとはいえ、いつも通りに自室のベッドに潜り込――

「ハルカくん、おやすみー」

「おやすみなさい、坊ちゃん」

「こらこらこら」

――もうとしたが、それももう少し時間がかかるようで。

一緒のベッドに入ろうとしたクロエとアリスを、寸前で制することに成功する。

「いかがなされましたか？　まさか、シーツの洗濯に不手際が？」

「いやいや、子守唄と抱き枕が足りないんだよ。そして、今はそういうのを補ってあげられるお姉ちゃんがここにいます！」

「まったく掠《かす》りもしない察し……ッ！」

何故ここにいるのか？　という意味だったのだが、二人にとっては違和感がないほど当たり前のことだったらしい。

「アリス！　君にはちゃんとお客様用の部屋を一室貸したよね!?　何故さも当たり前のようにここが寝床だと思った!?」

「ほらほら、私って一応命を狙われてるわけじゃん？　合理的に考えて、一緒の部屋のほうが安全度は高いんだよ！」

「だったらクロエの部屋に行けばいいじゃないか！　っていうか、クロエも自分の部屋があるでしょ！」

「まだ赤龍を討伐した褒美をいただいてませんので」

「チィ……ッ！」

確かに、クロエへの褒美はまだ渡していない。

彼女の褒美は添い寝。ハルカと同室で同じベッドなのは当たり前。さらに、安全度を優先した合理性では、ハルカもアリスはクロエと同じ部屋で寝たほうがいいと思っている。

つまり、クロエの褒美を渡す段階で必然的にアリスも一緒の部屋で寝ることとなる。

ハルカの部屋には、もちろんベッドは一つしかない。

言われてしまえば、同じベッドで三人が寝るのは筋が通った話であった。

「ま、待って……冷静に考えよう」

「何がでしょう？」

「僕はこれでも男の子だ。同じベッドに寝れば夜の狼さんらしいやましいことをしてしまうかもしれない」

無論、優しいハルカが相手の合意もなく手を出すことはない。

しかし、一緒に寝れば男の子として反応してしまうのも当然のことで、ハルカ的にはぜひともここで牽制《けんせい》して妥協案を提案したいところ。

故に、まずは己の身の危険を把握してもらうことからスタートを——。

「分かりました、露出の高い寝間着を用意してきます」

「じゃあ、私は脱ぐね」

いけない、バッチコイな雰囲気だ。

「はぁ……ごめん、もうそのままでいいよ。僕が間違ってた」

どう足掻いても、裸と露出をも厭《いと》わないこの二人を説得するのは難しい。

そう判断したハルカはため息をつきながら渋々ベッドへと潜り込んでいく。

せめて隅っこで寝て……思っていたが、クロエに持ち上げられて真ん中へと寝かされてしまった。

直後、アリスとクロエはハルカを挟むようにして大きなベッドに寝始める。しくしく。

「……僕を真ん中にする意味は？」

「同性の顔を見て何が楽しいと思うのですか？」

「僕の顔を見ても面白くないでしょ」

「いえいえ、そんなことありませんよ」

チラリとハルカは横を向く。

すると、生地の薄い寝間着を着たクロエが楽しそうな笑みを浮かべていた。

「坊ちゃんのお顔を見るのは、とても楽しいです」

「ッ!?」

普段のメイド服とは違うからか、あまりの色っぽさにハルカは思わずドキッとしてしまう。

そして、そのすぐ……反対側から手が伸ばされ、ハルカの体の向きが変えられた。

「そっちばっかり見ないで、お姉ちゃんのほうも見てほしいなぁー」

そう言って向けられたのは、またしても端麗な美少女の顔。

露出の高い寝間着から覗くきめ細かな白い柔肌と頬を膨らませる子供らしい表情がなんともハルカの胸を擽る。

目に悪いと顔を逸らしたいが、アリスの手がしっかりとハルカの頭を固定していた。

「ふふっ、どうかな？　王女と一緒のベッドなんて、ハルカくんが初めてだぜ？」

「い、いや……それはありがたいというかなんというか……」

何故に僕？　というのが素直な感想である。

しかし、アリスは楽しげな顔をするばかりで、茶々を入れ難い雰囲気であった。

「いやー、でも今日は楽しかったなぁー……王女のポストだと、なかなか外に出回れないからね」

アリスはハルカの頭から手を離して天井を見上げる。

隙を見てハルカはどこにも向かないよう同じように上を見るのだが――。

「ほん、と……楽しかった……」

独り言は徐々に薄れていき、やがて静かな寝息を立て始めた。

恐らく、ずっと気を張っていたのだろう。明るく振る舞っていても、今は命を狙われ続けている立場。

一瞬の気の緩みが死に直結するのであれば、気張らないほうが無理な話だ。

しかし、それがようやくここで落ち着いた。

さりげなく横目で気持ちよさそうに寝ているアリスを見る。

ハルカの口元に思わず笑みが浮かんでしまった。

「彼女も彼女なりの苦労がある、ということですか」

「そうだね……ここが安心できるスポットでよかったよ」

二人は互いに言葉を交わし、同時に体を起こす。

そして――、

「坊ちゃん」

「うん、分かってる……いるね、この屋敷に不敬者が」

◇◇◇

黒ずくめの男は一人、静かに公爵家の屋敷の中を徘徊《はいかい》していた。

決して気取《けど》られることなく、巡回中の騎士達の目を掻い潜って目的の部屋まで向かう。

息を殺しているのは分かるが、今どんな表情をしているのかは鼻上まで覆っているマスクのせいでよく分からない。

(王女の暗殺……全く、デカい仕事だな)

野蛮人共は失敗したらしい。

騎士達をも蹴散らし、あと一歩のところまで追い詰めた……とまでは聞いているが、結局首は取れずに自分のところまで白羽の矢が立った。

——暗殺ギルド。その中のエリート。

今まで殺してきた人間は数知れず、依頼達成率は98%とかなり高い。

男は己の実力に自信はあるものの、決して慢心はしていなかった。それは依頼主も同じだったのか、この屋敷には別で自分ともう一人忍び込んでいる。

片方が失敗してももう片方が……という算段なのだろう。

もちろん「自分が甘く見られている」などと怒ったりはしない。むしろ合理的だと褒めるぐらいだ。

何せ――、

（この屋敷には、あの『幼き英雄』と『剣姫』がいる）

公爵家のクズ息子と知ってはいたものの、事前に調べると驚くべき情報が。

まさか、最近話題になっている英雄がここにいる人間だったなんて。しかし、初めは驚いたものの、
男はそこまで深くは考えていなかった。

所詮は成人もしていない子供。

確かに扱う魔術は強力かもしれないが、実戦経験は乏しいはず。

であれば、こと『殺し』に関しては経験《キャリア》が多い自分にかなりの分がある。

だからこそ、問題は元ＳＳランクの冒険者で、剣の腕に特化した怪物が――、

「おかしいですね、今宵の来客の予定はございませんでしたが」

カツン、と。

月明かりの射し込む廊下から足音が聞こえてくる。

艶やかなサイドの髪を靡かせ、ただ静かに足を進めて女性が姿を現す。

（……早いな）

思った以上に気取られるのが早い。

目の前に現れたメイドは己の姿が見えた前から確信を持って歩いて来た。

ここに至るまで一切音どころか気配も隠していたはずなのに。

「気配を消すのはお上手ですね。ですが、殺気まで隠せていたのなら、なおベストでしたよ」

男の中で最も警戒すべき相手。

殺気など漏れていただろうか？　男が疑問に思ってしまうぐらい気を使っていたものを、呆気なくクロエは暴いた。

それがどれだけ驚くべきことか。しかし、男は至って冷静に地を駆けた。

（……狩る！）

逃がしてもらえるなどとは思っていない。

だからこそ、相手が油断している隙にさっさと倒してしまう。

何せ、今のクロエはどこにも剣は持ち合わせていないのだから。

「あら、丸腰だと分かれば突貫ですか……なんとも愚直でメイドは苦笑してしまいそうです」

ふと、男の背筋に悪寒が走った。

メイド服の下に剣を隠している様子もない。明らかな丸腰で、自分は毒を仕込んだナイフを何本も持ち合わせている。

にもかかわらず、長年の勘が警報を鳴らしているかのように、嫌な予感がヒシヒシと全身を襲った。

故に、男は急ブレーキをかけて身を横に転がす。

すると、唐突に自分のいた直線上へ鋭利な刃物が振り下ろされた。

驚いてクロエのほうを見ると、何故か彼女の手には先程までなかった剣が握られており、

「何故⁉」

「何故、と言われましても……」

クロエは飄々とした様子で剣を振るう。

「私の魔術は、剣を生み出すものですよ」

クロエは剣の天才だ。

若くして剣一つで数多の敵を薙ぎ倒し、斬り伏せ、平民でありながらも冒険者として名声を高めてきた。

そんな彼女でも、寝込みや入浴中では無防備。

ある程度体術も嗜《たしな》んでいるものの、才能を発揮できるのは剣を握った時なのだ。

剣に特化してしまったクロエは己にハルカのような異質な魔術を編み出すことはできない。

だからこそ、己の技量の中で己の才能を最も発揮できる魔術を編み出すほかなかった。

「剣はいつか錆びます。斬り伏せていれば刃こぼれも起きるでしょう……しかし、そうなってしまえば私はただの凡人。言語道断。私を私たらしめるための魔術、これこそが私の本質になります」

「くっ……！」

「ですので——」

スパッ、と。目にも止まらぬ早さで剣が光った。

その瞬間、男の右腕から大量の血飛沫《ちしぶき》が上がる。

「う、ぐぉぉぉぉぉぉぉぉぉぉぉぉぉぉぉぉぉぉぉぉぉッッッ！！！？？？」

「言っておきますが、坊ちゃんももう一人の存在に気づいておりますよ」

ゆっくりと、クロエは足を進める。

空いている片方の手で毒が塗られた短剣を投げるものの、容易に柄で弾かれた。

「そもそも、本当に王女様を殺したいのであれば坊ちゃんのテリトリーに入らないことです。あなた方の敗因は坊ちゃんとアリス様が出会う前で仕留めなかったこと——私が居ようが居まいが、坊ちゃん一人がいる時点で軍隊でも引っ張ってこなければ」

クロエの言葉を、男は恐らく聞いていないだろう。

必死に血飛沫を上げる腕を押さえ、マスク越しにでも分かる苦悶の表情を浮かべている。

そして、苦し紛れと言わんばかりに口を開いた。

「どう、して……」

「はい？」

「どうして、君ほどの人間がメイドを……ッ！」

メイド、というよりかは誰かの下についていることに疑問を思ったのだろう。

その意味こそ分かっているものの、クロエは思わず首を傾げてしまった。

「おかしなことを言いますね。所詮、私は坊ちゃんの足元にも及びませんよ。トリガーが複雑なので時と場合によりますが……もしも仮に、私が本気でアリス様を殺そうとしても、持って五分ほどです」

それに、と。

クロエは月明かりで照らされている中、薄《うっす》らと愛おしそうに頬を染めた。

「……私は、坊ちゃんに救われた身ですので」

あの時、あの場所で。

そんな熱っぽい言葉が、男の耳に届いた最後の声であった。

◇◇◇

クロエがＳＳランクの冒険者になったのは十六歳の時であった。

たった一本の剣。

それだけで、大陸で三人しかいないはずのＳＳランクにまで手が届いたのだから、まさに異常ともいえる。

瞬く間にその情報は世界各国まで広まり、一気に今まで以上の地位と知名度を獲得する。

大陸で最強格の一人へ、まだ幼い少女がなってしまった。

厳密にいえば、あくまでＳＳランクは冒険者の中での話。聞くところによると、他国に構える賢者や、王国最大の騎士団の長に座る剣聖など、冒険者ギルドに加入していないだけでＳＳランクに相当している実力者もいる。

しかし、それでも指で数える程度だろう。

街を歩いている間に喧嘩を売られたとしても、クロエという少女が敵と見なせる人間は現れない。

この頃はまだ魔術について勉強はしておらず、本当に剣の腕だけでのし上がっていた。

細い腕は剣を軽々と振り回し、誰もが魅了してしまうほどの剣技を見せ、華麗で妖艶な動きで剣を捌《さば》き、彼女の中で世界がゆっくり動いているのではと錯覚してしまうほどの素早さを発揮する。

それらと持ち前の美貌を総じて『剣姫』と呼ばれるようになったが、クロエはさして気にしていなかった。

気にするほどの興味を、持ち合わせていなかった。

何せ、クロエにとって周囲はただの有象無象《うぞうむぞう》。剣を交わしてもすぐに終わり、誰であろうとも己の首に刃が届くことはないと思っていたからだ。

『流石は『剣姫』と呼ばれるお方だ』

SSランクになった直後。

クロエは、とある他国の荒野で膝をついていた。

幾歳ぶりだろうか？　己が満身創痍《まんしんそうい》で誰かに見下ろされるなどと。

『まさか、軍一つを動かさないと追い詰められないとは』

視界に広がるのは死屍累々《ししるいるい》。

血が一面に広がり、死体が転がり、どことなく鼻を刺激する匂いが広がっている。

その中で立っているのは、死屍累々と同じ格好をした兵士達が……ざっと三千人。あれだけ倒したのに、まだ三千人残っているのだ。

「……こちらこそ、軍を一つ動かされるとは思いませんでした」

『我々とて予想外だ。貴殿が王の寵愛《ちょうあい》を受け取らないと言い始めた時でも、流石にこの人数を引っ張ることになるとは露ほどにも思わなかった』

クロエは他国の王に求婚されていた。

しかし、他者に興味を持たないクロエにとって美形であろうが権力者であろうが……有象無象にしか思えない。

故に断ったのだが、結果は王の反感を買って軍を動かされる始末。

愛を受け取らないのであれば死ね。そういったメッセージが、眼前に広がっている。

(……もう少し、断り方を考えればよろしかったですね)

クロエはふと天を見上げる。

痺れる足をなんとか動かして突貫しても、精々倒せるのは数十人。背中から矢を放たれ、剣を振りかぶられても、持っていた剣はすでに折れてしまっていた。防ぐことは不可能。

つまり、人生で初めてである死期。

(ははっ……驕《おご》っていたのでしょうか。いざその立場になると、存外怖いですね)

もし許されるのであれば、ここで泣いてできる限りの命乞いをしてしまいたい。

そういった感情は、SSランクといわれても歳相応。

それでもクロエが瞳から涙を浮かべないのは、SSランクとしてのプライドか、それとも見逃してもらえないと分かっているからか。

『さぁ、お覚悟を』

ゆっくりと、兵士達がクロエに向かって歩き出す。

（あぁ……）

地を踏み締める音が、まるで死神の鎌が揺れる音に聞こえてしまう。

如何に恐ろしいか、言わずとも分かるだろう。

満身創痍のクロエは天を見上げたまま、ようやく瞳から涙を溢した。

（本当に）

未練があるかと言われれば半分半分。

ＳＳランクの冒険者の座に固執もしていないし、逆に有象無象にしか見えなくともいつかは誰かと結婚はしてみたいと思っていた。

とはいえ、その思考は間違いなくクロエへ死期をより実感させる。

（死・に・た・く・な・い・な・ぁ）

だから、なのだろう――。


「泣いてる女の子がいるって話だったんだけど、これは僕が割って入っていい感じ？」


ピシッ、と。

何故か、よく原理も分からず。クロエと兵士達の間に亀裂が走った。

その亀裂は景色を歪ませ、やがてステンドグラスを砕いた時のようにパラパラと破片が落ちていく。

そして、そこから姿を現したのは……子供と呼んでも差し支えない、白髪の少年であった。

「って、ここはどこ!? くっそぅ……上手くいったと思ったのに、街どころか木すらない！」

その少年は如何にも場違いな服装と態度であった。

周囲の景色を見て驚き、怯えることもなくただただ両者の間に立ち塞がる。

「ねぇ、ここはどこ？ そもそもさ、なんかあちらこちらにお茶の間にお見せできないものが転がってるんだけど、君がやったの？」

少年は振り返り、泣いているクロエへと視線を向けた。

「え、えぇ……そうですが」

「そっか、強いんだね！」

「……あなたは？」

疑問、戸惑い、理解不能。

頭の中が混乱を極める中、クロエはようやくその言葉を絞り出すことができた。

そして、混乱の原因である少年はまるで胸を張り名乗る。

「僕？ 僕の名前はハルカ・アスラーン！ いつか『影の英雄』になる男だよ！」

『影の英雄』とは、確か物語の主人公だったか？

いつぞや本で読んだことはある。人知れず誰かを助け、やがて英雄とまで呼ばれるようになった男。

それが、今何故ここで？ またしても分からないワードが出てきて、クロエは首を傾げる。

「あーっ！　そういえば『影の英雄』になるんだったら名乗っちゃダメだったッ！」

クロエを他所に、ハルカは頭を抱える。

だが、それも数秒のこと。すぐに咳払いをして、クロエへと近づいた。

「まぁ、いいや。せっかくだったらちょうどいいし……お姉さん」

「……なんでしょう？」

「もしよかったらさ、僕の理解者になってくれないかな？　やっぱり暗躍する人でも、サポートしてくれる人は必要だしね」

本当に意味が分からない。

意味が分からないけど、何故かいつの間にかクロエの胸の内にあった恐怖が何一つとして感じられなかった。

どうして？　不思議だ。

『……少年、そこを退きたまえ。どうやって現れたかは知らんが、立ち塞がると言うなら容赦はせんぞ』

兵士の一人が、ハルカに向かって口を開く。

しかし、ハルカはその言葉を受けてクロエを庇うように立った。

「僕の魔術はまだ発展途上だけど、信用はしてるんだよね」

『何を……？』

「助けてって。そう願った人の下《もと》に行けるように、僕は魔術を行使した」

あぁ、なんとなく。

己が恐怖をしなくなった理由が分かった気がする。

「だったら、僕は彼女のために拳を握るよ。それが『英雄』としての、僕の才能の使い道だ」

目の前の少年の背中が、とても安心するからだ。

「さぁ、始めようか」

少年が小さく手を振るう。

その瞬間、直視できないほどの一本の光の柱が、虚空より現れて少年の手に収まった。

「僕は僕の『我儘』を通す。それで、女の子一人を笑わせられるのであれば」

自分よりも小さく、幼く、か弱そうな背中。

にもかかわらず、クロエは見つめられずにはいられなかった。

この日、クロエは救われた。

たった一人の、幼き英雄の手によって。

英雄と、いっても違和感のない存在によって。

それから、クロエはSSランクの冒険者という地位を捨てて、少年の側付きとなる。

ハルカの要望どおり、彼の理解者として。

第五章　パーティー参加準備

「早く！　さっさとキビキビ動け！」

朝っぱらからそんな怒声が響き渡る。

公爵家の屋敷にて、何やらメイド達が一生懸命床を雑巾《ぞうきん》で拭っていた。

何か溢《こぼ》したのだろうか？　そう思って見てみると、絨毯《じゅうたん》や壁に何やら赤い液体が染みを作っている。

これがなんなのか、傍で見ていたアリスは薄らと理解していた。

そして、そんなアリスを他所にハルカはメイド達が拭き終わるのを厳しい目で待っていた。

「俺の屋敷に染みを作るなど何事か！　お前らはロクに仕事もできないのか！」

たかが染みを作った程度で、何もこんなに怒ることなんて。

きっと、何も知らない人間が見れば心配そうに見つめることだろう。

しかし、そう思う人間はこの場にはおらず。ようやくメイド達が拭き終えたのを確認すると、ハルカは鼻を鳴らした。

「ふんっ！　次見かけたら承知しないからな！」

『『『『申し訳ございませんでしたっ！』』』』

メイド達は雑巾を持って廊下の先へとそそくさと消えていく。

ハルカは腕を組んだままメイド達がいなくなるのを確認すると――。

「……心が、痛い」

「でしたら、しなければよろしいではありませんか」

――膝をついて、胸を押さえた。

そんなハルカを、クロエはため息をつきながら見下ろす。

「うーん……これが噂に聞くハルカくんの悪役ムーブかぁ。ちょっと私、ドキドキしちゃった」

「違うんだ、僕はいっつもこうで……って、なんでドキドキしたの？」

背伸びして強がろうとしているところだよ、と。

アリスは内心で思いながらハルカへ笑みを向けた。

「けど、そもそも……なんで血がこんなところにあるわけ？」

一瞬ドキッとしてしまったものの、聞いてはおきたい事項。

薄々ではあるが、一度生で大量の血を見たことから、蔓延する臭いでこれが同じものだというのは分かっていた。

その証拠に、ハルカは慌ててアリスから視線を逸らす。

「……クロエってお茶目だから」

「はい、トマトジュースをうっかり溢してしまいました」

「はぁ……はいはい、トマトジュースね」

アリスは二度目のため息をつく。

その間に、ハルカはクロエの耳元に顔を寄せて何やらヒソヒソと話し始めた。

「（ねぇ、もうちょっとお茶の間の子供達を慮《おもんぱか》って穏便に撃退する方法とかなかったわけ!?）」

「（剣を使う私にそのようなことを仰られても……どう振っても「サクッ、ドバババババ！」にしかなりません）」

「（ちくしょう、僕が全員相手にすればよかった……ッ！）」

そう、この血痕はクロエが先日の夜中に戦闘をしたものである。

クロエの魔術で生み出した剣は新品同様、切れ味抜群。滑らかに斬れる代物は肉の壁や骨などサクッと両断。結果的に、後始末に困る惨事となること間違いなし！

……というキャッチコピーを、ハルカはすっかり失念していた。

（……あー、またハルカくんに迷惑かけちゃったなぁ）

ヒソヒソ話など聞こえてはいないが、大まかのことは察したアリス。

元より、こういう時のためにハルカの家に住むことになったのだが、罪悪感と申し訳なさがないわけではない。

アリスは頭を掻いて少し居心地の悪そうな顔をした。

（それにしても……流石に早すぎはしない？）

ハルカの家に住むことになったのは昨日だ。

それなのに、日を跨《また》ぐことなく己の命を狙う刺客が放たれている。

動向は逐一把握されていると考えてもいいだろう——そんなに私を殺したいかね、と。アリスは肉親を思い浮かべて悪態をついた。

（けどまぁ、それはそれ）

アリスは口元を緩めると、ヒソヒソと話していたハルカの背中へと抱きついた。

「うわぁっ！」

「ふふふ……ハルカくん、お姉ちゃんは頑張っているのに認めたくないお茶目さんを少しばかり労ってあげたくなっちゃいました」

「何故突然⁉　僕は功労者扱いされるような武勲は立てておりませんよ⁉　お茶目枠なら横にいるメイドにプリーズ！」

あくまで誤魔化したいハルカくん。

背中に伝わる柔らかさにドギマギしながら、慌てて否定した。

とはいえ、ハルカが『そういう人間』なのだと分かってきたアリスは、そんな誤魔化しに惑わされるほど鈍感じゃない。

「どう？　こう見えても、世間的には美少女の枠組みに入るレディーなんだけど、このハグのお値段はいくらになるかな？」

「胸が足りないのでバーゲンセールで並ぶほどの値段では？」

「うっせぇ〇すぞ」

なんとも王女らしくない発言である。

「それで、今日はいかがされますか、坊ちゃん？」

「……とりあえず、後ろのべっぴんさんに離れてもらうところから」

「えー、却下なので次の案を提示してみようか！」

「これって普通男側が言うセリフじゃないかな？」

男が懇願するのではなく、女のほうからアプローチがあるとは。

ハルカが知っている男女間の常識がなんとも覆されそうである。

「では、私のほうから一つ提案が」

そんな時、横で見ていたクロエが手を挙げる。

そして――。

「背中にまとわりつくビッチが少々面倒くさいので、ちゃっちゃと彼女の取り巻く環境をどうにかしませんか？　おあつらえ向きなイベントが控えておりますし――せっかくなら参加する方向で『建国パーティー』向けの正装を用意しましょう」

◇◇◇

建国パーティー。

文字どおり、王国が建った日を祝うパーティーのことだ。

これは毎年開催されており、各地が露店や催しといった賑わいを見せる中、王城に各国の貴族が集まり、交友を深める場である。

一部では『社交界最大イベント』と呼ばれるぐらいで、多くの令息令嬢がこのタイミングに合わせてデビューをしていく。

もちろん、ハルカも貴族令息として例外ではないのだが――。

「僕、一回も行ったことがないんだけど」

朝食を食べ終え、ハルカの自室。

メイドのクロエに抱き締められ&膝の上に座らされながらのハルカは口にした。

クズ息子を演じるために今まで一度も社交界へ顔を出してこなかったハルカは当然、建国パーティーには参加したことはない。

一カ月後に控えている建国パーティーの存在こそ知っていたものの、今回もいつもどおり参加する気はなかった。

そして、それはクロエにも事前に伝えてはいるのだが――。

「坊ちゃんの初めて、いただいてもよろしいでしょうか？」

「言い方がいやらしい」

「では……」

「待って、僕の首に唇当てないで。そういう話じゃないでしょ!?」

話が本当にいやらしくなりそうである。

「んー……」

その一方で、アリスはハルカがいつも座る席に腰を下ろしながら首を傾げていた。

正直「来てくれるの⁉　やったー！」と言うかと思ったハルカはアリスの反応に疑問を持つ。

「おかしいですね、結構乗り気な反応を見せるかと思いましたのに」

「うん、意外な反応で少し警戒する僕がいる」

「いやいや、君達。私のことをなんだと思ってるの？」

二日の出会いなのに、もう違和感を持ち始めている二人。

アリスは主従コンビを見て大きくため息をつく。

「いやさ、流石の私もハルカくんをドロッドロの王位継承権争いに参加させようとは思っていないわけよ」

「自分から巻き込みに来たくせにという発言をしたいのですが」

「それはそれ。っていうか、私だってこんなすぐに巻き込まれ事故に手を挙げさせると思ってなかったんだよ……」

巻き込まれ事故？　と、気づかれていないと思っているハルカはもう一度首を傾げる。

「建国パーティーって、社交場の一大イベントだよ？　うちの兄貴達が仕掛けるなら、間違いなくここだもん」

建国パーティーは、各国の貴族が集まる。

仕掛けるにしても、支持と仲間を集めるにしても、これほど格好の場はない。

王位継承権争いは、アリスの命を狙おうとしているほど過激化しており、この格好の場で何もしないほうがおかしな話。

もし、ハルカがその場に訪れたらどうなるだろうか？　今アリスを匿《かくま》っていると知られている以上、敵が過激な行為に走っても疑問ではなかった。

（まぁ、ハルカくんがどうにかなるとは思えないんだけど……）

とはいえ、それはそれ。

ハルカが常人に負けるとは思えないが、命を危険に晒《さら》すのは明白。

アリスも、今回は建国パーティーに参加するつもりはなかった。

だからこそ、こうして渋っているのだが――。

「ここで仕掛けないと、あなたを取り巻く環境は変わりませんよ？」

「まぁ、それはそうなんだけど……」

このまま王位継承権争いが終わるまで待とうにも、先は長い。

それまでずっとハルカ達が守ってくれるわけもなく、いつかは元の環境に戻らなければならない。

故に、クロエの言葉にアリスは押し黙ってしまう。

「正直、僕は社交界に顔を出してないから詳しいことは分からないけどさ」

そんな時、ハルカがクロエに抱き締められながら真っ直ぐにアリスを見つめる。

「僕はアリスが困っているんだったら、助けるよ？　利害とか関係なく、君がそれで毎日を笑って過ごせるんだったら」

「……ッ！」

ドクン、と。

アリスの胸が高鳴る。

赤くなった顔を押さえながら、アリスはハルカから視線を逸らしてしまう。

「……ハルカくんって、歳下だよね？」

「ハッ！　それは僕が大人びて見えるという──」

「超可愛い！」

「今の流れでそれはないじゃない」

ハルカが落ち込むと、クロエは優しくあやすように頭を撫でる。

その姿を見て、アリスは──、

（嘘に決まってるじゃん）

本当は惚れるほどかっこいいのに、と。

照れを含んだ赤くなった頬を見せて、口元を緩めるのであった。

「そうと決まれば、やはり正装を見繕わないといけませんね」

「え、それって必須事項？」

「坊ちゃんは社交界に顔を出さないので、そもそも正装がございません。それに、私は坊ちゃんの傍付きをする前は冒険者をしておりますので、そもそもドレスの一つも持ち合わせておりませんから」

言われてみればそうだと、己のクローゼットの中を思い出すハルカ。

そうなれば、一カ月後に控える建国パーティーに備えて、今のうちに仕立てておかなければならない。

「ハルカくんの、タキシード……ッ！」

「坊ちゃんの背伸びした姿……ッ！」

仕立てておかなければならないが、どこか身の危険を感じてしまったハルカであった。

「けど、今思えばクズ息子が行くと騒がれるよね……」

何か対策をしなければ、と。

ハルカは顎に手を当てて思考する。

すると――。

「ハルカくんは可愛いから大丈夫！」

「坊ちゃんは超可愛いので問題ございません」

立派な大人な男を目指す僕にとっては問題しかないと、悲しい瞳を見せる可愛らしい少年であった。

◇◇◇

ハルカはいつどこでも悪役ムーブを忘れない。

クズ息子としての印象が強ければ強いほど、己が『幼き英雄』だと紐づけることが難しいからだ。

これからに控えた建国パーティー。

そのために正装を準備しようと思っているのだが、この瞬間は絶好の悪役ムーブチャンス。

「こんな服着れるか！」などと言えば一発だ。

せっかく用意してもらった服でも破れば完璧……ではあるが、破るのは可哀想だ。やめておこう。

とにもかくにも、ハルカは仕立て屋にやって来た時にそうしようと決めていた。

ここ最近はアリスという女の子がクズ息子だと認識してくれない雰囲気を感じる。

ここいらでそろそろ自分が手を付けられないクズ息子だと認識してもらわなければ……ッ！

「坊ちゃん……最高に似合っておりますっ！」

「きゃー！　ハルカくん超可愛いー！」

認識、してもらわなければ……。

「ハルカくん、次はこっちを着てみよう！　アクセントの蝶ネクタイが可愛らしさアップだよ！」

「何を言っているのですか、貧乳。坊ちゃんに似合うのは背伸びをしているとアピールさせるためのネクタイに決まっております」

「うっせぇ、駄乳。そもそもその黒のタキシードにセンスを感じられないんだよ。乳しまって出直して来い」

仕立て屋に来た時のこと。

ハルカは現在、試着室にて絶賛着せ替え人形なうであった。

目の前にいるのは、各自好きなタキシードを片手に言い争いをしている少女が二名。

もちろん、初めは「こんな服着れるか！　店員呼んで来い！」などと悪役ムーブをしていたのだが――、

『分かりました！　ということであれば私が必ず坊ちゃんの魅力を引き立たせるための最高のコーディネートをご用意いたします！』

『任せて、社交界の華とも呼ばれた私がハルカくんを社交界のマスコット枠として確立させてあげるよ！』

――店員を呼ばれることなく、このようなこととなってしまった。

罪悪感を覚える前に発言の後悔を覚えるのは珍しいと、この時のハルカは涙目である。

「あ、あのさ……僕が悪かったから、もう無難なのでいいよ」

「坊ちゃんにはこちらが似合います！」

そう言って、話も聞かずにクロエが取り出したのは赤のドレスであった。

「グッ……その手があったか！」

「ないよ⁉」

流石に女物はないでしょうと、ハルカは身の危険を感じた。

「ふむ……このままではアリス様のどこかのように水平線ですね」

「ハルカくん、このメイドの顔面にグーパンチの許可を。どうやら平行線も水平線も王女に対しての敬意も分かっていないみたいだから」

「あ、うん……返り討ちにされない程度だったら」

そう言った瞬間、アリスは容赦なくクロエの頬に向かって右ストレートを放った。

なんの抵抗もなく放てるところも流石だが、華麗に首を捻ったクロエも流石だろう。

「その気概で刺客も倒してくだされればいいのに」

「ある意味、私の敵はお前だよホルスタイン。そもそも、私の魔術は『監視』特化だし」

「では、そちらの才能を使って犯人を捕らえてはいかがですか？」

アリスの魔術は、マーキングした相手の動向を追えるものだ。

確かに、一度視界に入れて野放しにすれば刺客の行き先を突き止めることもでき、突き止めた先の犯人を予想することもできる。

言われてみれば、クロエの言うとおりアリスの才能を使って犯人探しも可能だろう。

「そんな甘っちょろい相手だったら、ハルカくんとの同棲生活を謳歌《おうか》してないよ。向こうだって私がそういう才能だって知ってるわけだし、一度私の前に顔を出したら私を殺すか、その場で自害するかの二択しか持ち合わせてない」

「ふむ……とても使えませんね」

「ハルカくん、君のメイドのせいで心が傷ついたから頭を撫でてほしいな」

「……かもん、アリス」

ふぇぇぇ、と。わざとらしい泣き真似をしてハルカの胸に縋《すが》りつくアリス。

そんな女の子の頭を撫でながら頬を引き攣らせるハルカだが、傍で「その手がありましたか……ッ！」と唇を噛み締める少女がチラチラと映っていたたまれない。

「まぁ、真面目な話をするけどさ……建国パーティーに参加して、どうやって犯人を捜すわけ？　目星とかはついてるんだろうけどさ」

「ぶっちゃけ、現行犯だね。できれば、大衆の目があるところで捕まえられたらなおベスト。っては言ってるけど」

「大衆の目っていうのは難しそうだね。ここまで尻尾を捕まえさせてもらえない相手だったら、そこら辺は警戒しているだろうし」

　難しいねー、ねー。

　なんて緊張感のないやり取りが頭を撫で、撫でられの状況でされる。

「……であれば、一人うってつけの旧友《知り合い》に協力を仰ぎましょうか」

「うってつけの人？　もしかして、探偵ものの主人公とか？」

「具体的な犯人は捜せませんが、その場一帯の犯行に及ぼうとしている人間を見つけることに特化している人間なら知っています」

「そんな人、いたっけ？」

　アリスが首を傾げる。

　その姿を見て、クロエは大きくため息をついた。

「はぁ……あなたなら充分に知っておられる方ですよ。そもそも、今回の建国パーティーには参加されるでしょうから」

一体誰だ？

アリスだけでなく、ハルカもまた同じように首を傾げる。

そして、クロエは二人の視線を受けながらゆっくりと口を開いた。

「悪意に敏感なこの世で最も清らかな存在。教会が誇る、聖女様でございます」

第六章 ✦ 宗教の戦争

教会が誇る聖女。

女神の恩恵を受けた唯一の存在であり、この世の善を象徴する人間ともいわれている。

そのため、聖女は教会によって大事に育てられてきており、宗教が根強い各国も丁重にもてなし、それ相応の対応を取っているとのこと。

そんな聖女は幸いにも王国に在中しており、公爵領から片道一週間の宗教都市にある大聖堂にいるのだとか。

というわけで、クロエの提案の下ハルカ達は早速宗教都市へと向かっていた——。

「教会の聖女、ねぇ……？　かの有名人の名前を挙げて早速足を運んでいるわけだけどさ、アポなしで凸っても問題ないわけ？」

「恐らく問題ないかと。彼女とは冒険者時代に色々と関係性を作っていましたので、無下《むげ》にはされないでしょう」

「……あの」

ガキン、ガキン、と。

そんな音が響く中、二人の会話は続く。

「彼女を仲間にしてしまえば、少なくとも犯行を押さえることはできます。そうなれば、決定的瞬間にも立ち会えるのではないでしょうか？」

「んー、うちの兄貴らもわざわざ身内の喧嘩に教会巻き込んで敵に回そうなんて思わないと思うんだけど」

「あの」

「ですので、仮にお姫様がお花を摘みに行ったとしても、誰かしらは駆け付けられますよ……よかったですね、絶壁様」

「名案に腹が立つのはなんでだろうね、クソホルスタイン」

「あのッッッ!!」

二人の会話が続いていると、ハルカがいきなり声を大にする。

それを受けて、アリスとクロエは仲よろしく同時に首を傾げた。

「いかがなされましたか、坊ちゃん？」

「いかがなされました……じゃないよね!?　よくもまぁ、こんな状況で普通に会話ができるもんで！」

「こんな状況……っていうけどさ——」

アリスがふと背後を見る。

そこには、怒号を交えながら剣を振り回している兵士達が……ざっと千人以上。

「ただ戦争してるだけじゃん」

「ただじゃないッッッ！！！」

そう、今三人が立っているのは紛うことなき戦場。

ここまでの経緯を話すと、クロエの提案で早速宗教都市へ。四日ぐらい経ったぐらいで何やら騒がしい場所を見つけ、気になって顔を出したらあら不思議……戦場じゃないか！　というものである。

無論、ハルカ達はたまたま居合わせただけの存在だ。後ろには馬車と、アリスの護衛である騎士達が警戒心剝き出しで臨戦態勢を取っていた。

緊張感がないのは、メンタル太めの美少女達である。

「なんで戦争⁉　この国の平和は遙か彼方だったわけ⁉」

「んー……あれを見る限り、反宗教派と現宗教派の小競り合いみたいだね。宗教の在り方に不満を持った人達がクーデターを起こしてるって言ったら分かるかな？」

「そんな緊張状態になんて緊張感のない声音⁉　王国の王女様はこの件を問題視しないの⁉」

「逆にこればっかりは王国も手が出せないよ。国の問題じゃなくて宗教と割り切りの問題……王国で起こっているっていっても、未だ国民に被害がないから大義名分がない。つまりは、口出しした時点で肩入れを認めちゃうことになるから」

「そう、なの……？」

今回ばかりは、ハルカの分からないジャンルの話だろう。

助けたいから助ける……だけでは収まらず、その後の展開まで考えないといけない。

仮に王国が現宗教派に加担して戦争に参加したとしよう。もしも、この戦争が終わって反宗教派が勝ってしまったらどうなるか？　新体制を敷いた反宗教派を敵に回すことになり、多くの反感が王国を襲う。

そうなってしまわないためにも、この小競り合いには王国だけでなく他の国も参加できない。仮に自国で行われているとしても、だ。

「噂には聞いていましたが、まさかこれほど過激とは……もしかしなくても、この状況であればまともに聖女とは取り合ってくれなさそうですね」

いかがなされますか、と。クロエはハルカに視線を向ける。

この段階では、ハルカ達の存在など戦争を起こしている人間は気がついていないだろう。回れ右をして引き返せば、時間こそ無駄になってしまうものの関わらずに済む。

しかし——眼前に広がるのは、激しい怒号と倒れていく人達。

「……政治云々はよく分からないけどさ」

ハルカはポツリと呟く。

「誰かが傷つくのは、見てられない……かな」

どちらに正義があり、どちらに大義名分があろうと関係ない。

そもそも、ハルカは戦争が大っ嫌いだ。人が傷ついて手に入れられるものに価値があるとは、個人的には思えない。

故に——。

「畏まりました」

「え、ちょっとなんでいきなり私の手首を縛るの!?」

クロエは横にいたアリスの手首を懐から取り出した紐で縛る。

それだけではなく同じように足を縛り、メイド服に付いていたフリルを解いてそのままアリスの目に被せた。

「クロエ……?」

「戦場で束縛プレイとは、アリス様もなかなかの上級者ですね」

「てめぇがやったんだろ、クソメイド!」

視界が真っ暗になって身動きが取れないアリスが叫ぶが、クロエは何処吹く風だ。

その証拠に姿がブレたかと思えば、背後にいた騎士達が一瞬にして地面へ崩れ去る。

もしも、傍から別の観客がいたとすれば、何故騎士達が地面に倒れたか分からず首を傾げていただろう——クロエが首に手刀を落として気絶させたなどとは気づかず。

クロエは倒した騎士達を放置して馬車へと入り、大きなマントと無柄のお面を手に持ってハルカの下へと戻っていった。

「……僕、理解が早くて助かるよって言葉が出難い状況に困惑してるんだけど」

「何を仰いますか、坊ちゃんのよき理解者として当然の行為をしたまでです」

理解者、という言葉を聞いてハルカは一瞬呆ける。

しかし、それも本当に一瞬のこと。

ハルカはクロエからマントとお面を受け取って、そのまま着始めた。

「ごめんね、僕の我儘に付き合ってもらって」

「坊ちゃんの我儘であればいつどこまでも」

ペコリと、クロエはアリスの横で頭を下げる。

その姿を見て、ハルカは一歩前へと出た。

――ハルカの魔術は『我儘』。

己の感情を解消するために必要な事象がハルカへと与えられ、我儘がなくなるまで魔術は続いていく。

ハルカ自身、己の魔術に関して全て意のままに操れるわけではない。

感情という不明確なものを解消させる事象は、その時と場合によって変化するのだ。

「誰かが傷つく姿は見ていられない」

そう願って起きた我儘は、ハルカの手元に一筋の光の束を集めさせる。

そして、ハルカは戦場の中心に向かって思い切り投擲《とうてき》した――。

「アリスはクロエが守ってくれるとして……僕は僕のしたいことをしよう」

突然居合わせてしまった戦場。

そこに、『幼き英雄』という脅威が参加する。

◇◇◇

聖騎士、という存在がいる。

各国が定めた騎士という基準云々関係なく、教会の信徒の一部がなれる職業だ。

といっても、信徒の数が多いとはいえほとんどが一般人である。

そのため、聖騎士になれる人間は各国の騎士よりも少なく、今回の戦争に参加している人間の大多数が信徒によって構成された義勇兵だ。

(やっぱり、義勇兵ばかりだと押されてやがりますね)

聖騎士が一人――ミナ・カートラが戦場を見渡しながら口にする。

義勇兵ばかりで押されている……とはいえ、相手も信徒の集まり。ほとんどが義勇兵で構成されており、聖騎士の数も客観的に見れば少ない。

ただ、今回の小競り合いでは向こうのほうが聖騎士が多い……恐らく、それが原因だろう。

(こうやって身内で争いをすると聖女様が悲しむっていうのに、何やってんですか向こうさんは)

靡く薄桃色の髪を押さえながら、ミナは小さく舌打ちした。

教会は思想の塊だ。神という存在を信じ、与えられた教えどおりに正しく生きる。

そして、その思想が戯言《ざれごと》でない証明とされる存在こそ聖女という女の子である。

――あの子は、人が傷つくと悲しむ。

そんなの、彼女に出会った人なら誰もが知っているはずなのに。

こうして小競り合いをしているのも、聖騎士以上の立場にいる大司教あたりが始めていることだ。

敵も敵だが、小競り合いに対抗しようとしている上の人間にも悪態をつきたくなる。

（……誰か）

この戦争を終わらせてくれませんか？

激しい怒号と剣が交わる金属音を耳にしながら、ミナは思わず願ってしまった。

「って、無理でいやがりますよね」

私も早く戦いましょうか、と。

小柄な体躯に似つかわしくない大剣を背中から抜きながら、ミナは戦場の後ろで一歩を踏み出した。

その時だった――。

「ぁ？」

戦場のど真ん中に光の槍が突き刺さったのは。

「ッ!?」

それと同時に、眩《まばゆ》い光が視界を焼く。

ミナだけではない、反宗教派も自陣もほぼ全ての者が焼かれた視界によって思わず瞼《まぶた》を押さえる。

だが、それよりも……その光に紛れて、何か丸いピンポン玉のようなものが弾け飛んでいるほうが問題だ。

（なんですか、これは……ッ!?）

突然現れたことも問題だが、目下小さな球体のほうが異常である。

目にも止まらない速さの玉は人の体に当たり、苦悶の顔を浮かべさせながら敵味方関係なく地に倒していた。

殺傷能力はないのだろう。外傷は見受けられず、ただただ気絶して倒れているだけ。

それが味方だけでなく、敵のほうにも平等に訪れている――だからこそ、この攻撃が味方のものか敵のものなのかが分からない。

（いや、それよりも――）

ミナは聖騎士として上位の実力を持っていると自負している。

飛び交う球体も、辛うじて躱《かわ》せてもいた。

しかし、それはミナだけの話。この戦場にいるほとんどの人間が地に伏してしまっている。

「マジですか……」

これがたった数十秒の話だ。

今まで頑張って戦ってきたというのに、それが一瞬で終わってしまった。

なんだ、と。こんな脅威があってもいいのかと。

ミナは呆然と光の雨が終わっても、ただただ立ち尽くしているだけであった。

そして、この瞬間――、

「やめようよ、戦争なんて」

どういう現象か分からない。

それでも、景色にヒビが入ったかと思いきや、一人の少年が割れた隙間から姿を現した。

「そういうのを見ると、どうしても止めたくなる。どっちにどんな理由があるかも分かんないし、お節介で迷惑かもしれないけどさ……死んだらどうしようもないよ」

物悲しそうな声音。

しかし、大きなマントと無柄のお面のせいで表情が汲み取れない。

だが――、

(この人が、やったんですね……ッ！)

なんとなく、彼が醸し出す雰囲気でそう察してしまった。

見た目はただただ幼い子供。

それなのに、纏う雰囲気が彼のものだと脳裏が訴えている。

こんな幼い子供が？

たった一瞬で、戦場のほとんどを潰したのか？

疑問はある、困惑もある。

それでも、目の前で起きたことが不思議で、ミナはただただ呆然と立ち尽くすだけであった。

(……あれは)

ミナは聖騎士として、この国に駐屯している以上ある程度の情勢も知識も学んでいた。

だからこそ、ふとマントに縫われている家紋に眉を顰《ひそ》めてしまう。

確か、あの家紋は公爵家の――――。

「まだやる？」

戦場を見渡しながら、少年は口にする。

まともに聞いているのは、恐らくミナだけだろう。

辛うじて立っている者も、眩い閃光に目が焼かれてしまっている。

だからからか、少年の視線はミナへとゆっくりと注がれた。

「……やらねぇですよ」

薄桃色の髪を押さえながら、ミナは口にする。

「私だって、聖女様が悲しむようなことは元より反対だったんですから」

「そっか……ありがたい情報だね」

少年は肩を竦めて亀裂を戻す。

それがどれが異様なことか。客観的に見られているミナだからこそ、より実感できているのだろう。

故に、ミナ動けずにその場で固まった。

「僕はさ、ただただ人が傷つく姿を見ていられないだけなんだよ」

そのセリフは、くしくも聖女様が言っていた言葉と同じで――、

「この戦争、これで終わらせられるかな？　だとしたら、僕の我儘も解消されるんだけど」

何故か。本当に何故か。

ミナの心はふと軽くなってしまった。

――あぁ、これで終わるんだ。

本格的ではない、宗教で始まった小競り合い。

それが、たった一人の幼い少年によって無理矢理幕が下ろされた。

◇◇◇

さて、ハルカが勝手に戦争に乱入したあと。

何も語らずその場から足早に退散したハルカは現在、馬車に揺られながら宗教都市へと向かっていた。

本来であればハルカの魔術ですぐに足を運べたものの、アリスがいる手前行使するわけにはいかない。

まぁ、もうすでにバレているのだが本人は知らぬところ。

そんな久しぶりの旅路も残すところあと少しというところまでやって来ていた。

「ねぇ、ハルカくん。そういえば勝手にさっき戦争が終わってたね」

「ソ、ソウダネー」

「あとさ、私の騎士が現在進行形で気絶したまま馬車の荷台に載せられてるんだけどさー」

「エ、クロエモオチャメサンダネー」

ハルカの対面に座るのは、ニヤニヤと笑みを浮かべるアリス。

視線を一身に受けているハルカは必死に目を逸らして、なんの変哲もない草原を眺めていた。

どうやら、アリスはハルカの反応を見て暇潰しを楽しんでいるようだ。

「ちなみに、私ってどうして目を隠されたのかな？」

「いや、それは……？」

「もしかして、ハルカくんは縛られてる女の子が好きだったり？」

「違うけども!?」

そんな特殊性癖があってたまるかと、ハルカは顔を真っ赤にして抗議する。

そもそも、クロエが勝手に縛ったのだから変な誤解である。

「そうです、坊ちゃんは巨乳サイドテール美少女メイドという女の子が好きなのです！」

「やけに具体的かつ身近な人物の誤解!?」

この誤解は意図が多分に含まれていたようだ。

「まぁ、このクソメイドの戯言は置いておいてさ」

アリスがハルカの横に座るクロエの話を無視して口を開く。

「未だに小競り合いが続いていたなんてねぇ……正直、かなり前からだから勝手に終わってるものだと思ってた」

「それは私も思いました。一年ほど前から続いておりましたが、未だ幕引きの兆しがないとは」

「ねぇ、僕そこのところ詳しくないんだけど……宗教内の争いってどういうこと？」

人助けばかりをしていてあまり世間の情勢に詳しくないハルカが首を傾げる。

それを受けて、クロエはハルカを抱えて己の膝の上に乗せると、何故か後ろから抱き締めた。

「坊ちゃんの理解者である私が説明しましょう」

「抱き締める必要はあったの？」

「坊ちゃんは私の胸が大好きかと思いまして」

別に好きじゃないし、と。頬を染めて唇を尖らせるハルカ。

一方で、背中越しに激しく心臓が鳴っているのを感じているクロエは、嬉しそうに笑みを浮かべるだけであった。

「教会は主たる女神を信仰しております。幸福を思想として掲げて生きていますが、皆それぞれが同じ理解をしているわけではありません」

「？？？」

「簡単に言いますと、幸福を得る過程は様々ということです」

「お金があれば幸せって考える人とか、好きな人と一緒にいることが己の幸せとかって感じだね」

幸福の定義など色々あるということ。

幸福も意味としては確立されているが、受け取り方に関しては感情優先の不明確。人によってそれが幸せだと感じる人もいれば、不幸だと嘆く人もいるのだ。

「今の教会では『皆が笑顔でいられれば己も幸せ』という他人を重んじる方向でいます。しかし、反宗教派は利益を求め、金があれば不幸な人間は生まれないという主張を掲げている派閥が最近では現れたのです」

「うーん……僕的には前者のほうがいいと思うんだけど」

「それは坊ちゃんがお優しい心の持ち主だからですよ」

「い、いやっ！　僕は別に優しくないし！」

アリスがいるので、慌てて訂正を入れる。

しかし、元より優しい男の子だというのを惹かれるほど知っているアリスはクロエの言葉に付け加えた。

「悲しいことに、お金がなければ幸せになれない人だっているんだよ。王族として尽力しているつもりではいるけどさ……手の届かないところっていうのは必ず存在している」

「それは――」

「お金がなければ生きていけない、そんな人達です」

別に裕福な暮らしをしたいからお金がほしいわけではない。

お金がなければ明日も生きていけない、という意味だ。

一生懸命働いても食材が買えない、両親を失って寝る場所もない、全てを奪われて生きる術もない。

お金とは『贅沢』をするためのもの。そんな考えは、女神に希望を願う信徒はそもそもないのだ。

「教会はあまねく全ての人に手を差し伸べる救済の集団でもございます。それ故、教会の人間は女神の麓《ふもと》で生きる人間を幸せにする義務があると思っておられるのです」

「…………」

「ですので、どちらも間違いとは言えない。言えないからこそ、誰も譲れずに今に至るのでしょう」

ハルカには分からない話だ。

お金に困ったことも、職に困ったことも、寝食に困ったこともない。

自由に思うがままに夢を追え、今日という日を生きている。

だからこそ、今の話はハルカにとって重たい話であった。誰かの幸せを願っているのに、この世には自分の知らない不幸な者がいた。そんな事実を突き付けられたような気がして。

クズ息子として表の顔を作るのであれば、今の話は「あっそ」で終わらせればいい。

しかし、心優しい少年の可愛らしい顔はひどく悲しく歪む。勝手に拳は握られ、沈んだような表情が浮かんだ。

「今の話は、坊ちゃんが気にしなくてもいい話です」

クロエが優しく、安心させるように頭を撫でる。

「坊ちゃんは神様ではありません。全てに手が届く超人でもございません……坊ちゃんは、坊ちゃんができることをすればよろしいかと。少なくとも、坊ちゃんのおかげで幸せになれた人間がここには二人もいますよ」

だから笑ってくださいと、クロエは端麗な顔に笑みを浮かべた。

「……ありがと、クロエ」

それを受けて、ハルカは少し胸の中に詰まっていたものが取れたような気がした。

口元が綻んでいるのを、きっとハルカ自身だけでなくクロエも分からないだろう。

「……まぁ、今回はメイドに譲ってあげるか」

だが、対面に座っているアリスだけは見えているようで。

仕方なく、何も言わずに二人の空気を見守るのであった。

◇◇◇

さて、あれからしばらくして。

ハルカ達はようやく宗教都市まで辿り着くことができた。

街の賑わい具合は公爵領ほど栄えているとはいえないが、煉瓦メインの建物や歩いている人間全ての胸にロザリオが下がっているところがなんとも珍しい。

外へ遊びに出ている時、たまにロザリオを下げている人を見かけることはあるが、これほどとは。

流石は街の人全員が信徒で構成されている宗教都市といったところか。

建国パーティーまではあと三週間ほど。

帰り道、パーティーの準備などといったことを考えると、滞在できる時間も限られている。

そのため、ハルカ達は早速宗教都市の中心にある大聖堂へと足を運んでいた。

『鬼姫様⁉』

『ようこそいらっしゃいました！』

『お目にかかれて光栄です！』

大聖堂入り口にて。

白い甲冑を纏った聖騎士の男達が、来訪早々クロエに対して見事な敬礼を見せていた。

相手は信徒でもなければ偉い人間というわけでもなく、ただのメイドだというのに珍しい光景である。

「ねぇ、結構前から気になってたけどさ、クロエって何をやらかしたの？　聖女様とも気軽にアポなし突貫しようとするし」

「何故私がやらかした前提でそのような目を向けるのでしょうか？」

「そりゃ、僕はクロエのことをよく知ってるから」

「ぐすん……メイドは坊ちゃんの理解があらぬ方向に向いて悲しいです」

恐ろしいほどの泣き真似を見せながら、クロエはハルカへ抱きつく。

もう慣れてしまったからか、公衆の面前だとかレディーが軽々しくなどと文句を言う気は起こらなかった。

「んで、結局何をやらかしたわけ？」

「ですのでやらかしていないと言っているではありませんか、貧乳様。冒険者をしていた頃に、少し聖女様をお助けする機会があっただけですよ」

クロエの冒険者時代をハルカはよく知らない。

故に「へぇー、そんなことあったんだー」と顎に手を添えて頷いた。

『しかし、申し訳ございません』

その時、一人の聖騎士が申し訳なさそうな顔を浮かべる。

『現在、内争の関係で聖女様と謁見できる人数が限られておりまして……クロエ様はともかく、後ろのお二人は』

もちろん、聖騎士とてこの国に駐屯しているのであれば、ハルカはともかく王女であるアリスのことは知っているだろう。

それでも拒否ができるというのは、やはり権力に縛られない教会だからか。

とりあえず、無関係な人間をいきなりアポなしで会わせるわけにはいかないようだ。

「まぁ、そりゃそうだよね。僕達が中に入って何かするかもしれないし」

「王女とはいえ、警戒することは大事なんだよ。うんうん、慎重こそが生き残る術だからね」

「ねー」

「ねー」

ハルカとアリスは、クロエの後ろで互いに相槌を打つ。

それを受けて、ハルカは、

「「んじゃ、あとはよろしく」」

「お待ちください」

「「んぎゃぁぁぁぁぁぁぁぁぁぁぁぁぁぁぁぁぁぁこめかみがぁぁぁぁぁぁぁぁぁぁぁぁぁぁぁッッッ⁉⁉⁉」」

二人はこめかみが握り潰されそうになった。

「待ってなんで回れ右しただけでこめかみが⁉　そもそもクロエしか入られないんだったら僕達宗教都市観光しかできないじゃん⁉」

「てめぇこら、クソメイド！　私は仮にも王女なのに容赦なくアイアンクローってクソほど垂れ下がった胸と一緒で頭も悪いんか⁉」

「うるせぇ、貧相な未開拓地。あなたのために足を運んでいるというのに何故当事者が一目散に坊ちゃんとのデートを楽しもうとしているのですか」

「じゃあ僕は関係ないよね⁉」

「坊ちゃんは私の傍に居たがらないからです」

「理不尽ッ！」

わーわーわーわー、大聖堂の入り口で騒がしい光景が繰り広げられる。

警備をしていた聖騎士の男達も、大聖堂を出入りする関係者の人間達も、後ろで控えている護衛の騎士達も、そんな光景に苦笑いを浮かべていた。

そんな時、ふと大聖堂のほうから新しい甲冑《かっちゅう》の音が聞こえてくる。

「騒がしいですね、なにしてやがるんですか？」

『『お、お疲れ様ですっ！！！』』

男達が一斉に敬礼を見せる。

それだけで上司だと分かるのだが、現れた人間は男達よりもかなり身長が低かった。

あどけなくも可愛らしい顔立ち。カールしたブロンドの髪と小柄な体躯。そして、それらに不釣り合いな頑丈な白い甲冑と背負われた巨大な剣。

誰だろ、と。ハルカだけでなくアリスまで首を傾げる。

しかし、クロエだけは違ったようで――。

「って、クロエじゃねぇですか。珍しいですね、冒険者を辞めたって話を聞いたはずですが」

「お久しぶりですね、ミナ」

ハルカは置いてけぼりになりそうだからと、クロエの裾を引っ張って耳打ちした。

「ねぇ、この人は?」

「あんっ♡　坊ちゃんの甘い息が……」

「往来でなんて声を……ッ!」

お淑やかな女性からはなかなか聞けない声に、ハルカは思わず胸を跳ね上がらせてしまった。

なんて危険な女の子なんだ。容姿が完璧であるが故に、余計に心臓に悪い。

「ご紹介します、坊ちゃん」

しかし、そんなドギマギしているハルカを置いて、クロエは紹介するために手を向けた。

「彼女はミナ・カートラ。聖女様の近衛隊の一人であり、聖女様のご友人でございます」

◇◇◇

ミナという少女が現れてから、ハルカ達は何故か大聖堂へと通された。

先程まではクロエ以外は門前払いの空気だったというのに、不思議なものである。

大聖堂の中は、ハルカの思っている以上に幻想的であった。

木漏れ日を透過して輝くステンドグラスがあちらこちらに広がっており、壁も柱も黒や鼠色ではなく白を基調とした色を使用している。

同じ国だというのに、ここだけ違った世界みたいだ。

そんな感想を、ミナについて行くように歩いているハルカは抱いた。

「ねぇ、なんで私達まで中に入れてくれたの？」

ハルカが抱いていた疑問を、アリスが歩きながら尋ねる。

甲冑を鳴らして先を歩くミナは顔だけ振り向いて答えた。

「まぁ、本来だったら入れねぇんですけど……そっちの彼には恩義がありやがりますから」

はて、なんで僕？　そうハルカは首を傾げる。

(戦争を終わらせたのがバレておりますね)

(戦争に首を突っ込んだのがバレてるねー)

一方で色々と察しがいいわけでもないはずの女の子達は、発言の意味をなんとなく理解した。

「そもそも、王女様がいやがるのに無下に帰すっていうのもおかしな話でいやがるんですよ。状況が状況であっても、護衛を固めるとか場所を考えるとかで礼節ぐらいは弁えねぇと」

「ねぇねぇ、その礼節をもしよろしかったらこのホルスタインに教えてあげてもらえないかな？　こいつ、礼儀常識とかそこら辺が胸にしか集まってないから」

「失敬な、私はこれでも敬いは忘れないメイドですよ」

「嘘つけ」

「ただ、アリス様には敬うべき胸がないというだけで――」

「○△※×○□▲ッッッ！！！」

「アリスその顔と発言は流石に神聖なこの場所ではマズイッ！！！」

暴れ出しそうなアリスをなんとかホールドで押さえ込むハルカ。

王女に対してこの体勢で止めるのはいかがなものかと思うが、今回ばかりは致し方ない。

本当に、このまま離してしまえば暴れ馬がどうなるか分からないのだ。

「ふぅー……ふぅー……ッ！」

「どうどう……そうだ、深呼吸だよ、アリス」

「面白い人達でやがりますね」

「あなたも交ざりますか？」

「お年頃の女の子的には交ざったほうが面白いんでいやがるんですけど、そうなれば流れはクロエの首狙いになりやがりますが？」

「ではやめておきましょう……序列三位のミナを相手にするのは面倒です」

途中出てきたワードに、アリスを落ち着かせていたハルカは首を傾げる。

「序列？」

「聖騎士の中には序列っていうもんがあるんですよ」

ハルカの疑問に、ミナは歩きを進めながら答える。

「信仰度、歴、寄付額……色々な基準はありますが、その中でもやっぱり実力ですね。それで聖騎士の間で階級みたいなもんがつくんですよ」

「ミナは歴こそ浅いものの、実力で聖騎士の序列三位まで食い込みました」

「へぇー……強いんですね」

ハルカが悪役らしくもなく純粋に感心したように頷く。

見た目は自分と同じぐらいだというのに、それぐらいとは。聖騎士の人数も各国の騎士に比べれば少ないが、トータルで少ないというわけでもない。

その中で三番目だというのは、素直に凄いことだ。きっと、王国の騎士など相手にならないほどだろう。

しかし――――

「(あなたのほうが強いじゃねぇですかってツッコミはなしでやがりますよね？)」

「(えぇ)」

「(ハルカくんのためを思ってお口チャック必須だよ)」

感心しているハルカを他所に、何故か三人がヒソヒソと話し合う。

何故急に、と。ハルカは本日何度目かも分からない疑問を抱くのであった。

しかし、それでもハルカを他所に三人は話を続ける。

「(しっかし、噂には聞いていやがりましたが……『幼き英雄』っていうのもよく分かんねぇ人っすね。マジであのマントを着て気づかれてないと思ってやがるんですか？)」

「(そこが可愛いのではありませんか！)」

「(そこが可愛いんじゃん！)」

「(え、これって私がアウェーなんですかね!?　一回助けられたら瞳をハートにしなきゃいけねぇんですか!?)」

とはいえ、その話も単にハルカの可愛さの話であって。

ついていけないミナは思わず驚いてしまった。

「って、それより――」

ミナがふと足を止める。

すると、目の前にはいつの間にか大きな扉が進路を塞いでいた。

「この中に聖女様はおられやがります。事前に話は通しておきましたので、問題なくさささーっと入ってください」

「では、遠慮なく」

クロエがハルカを先に入らせるように、扉を引いた。

ハルカはいつもされているからか、流れるように先に一歩中へと入る。

室内は一言で言うと礼拝堂。大聖堂の中よりもビッシリとステンドグラスが敷き詰められ、奥にはパイプオルガンと教壇、巨大な女神の象が立っていた。

ただどこか普通の礼拝堂と違うのは、中央に長椅子ではなく来客用のソファーとテーブルが置かれてあることだろう。

そして、そのソファーには一人の少女が座っていた。

「初めまして……といっても、クロエさんはお久しぶりです」

艶やかな金の髪が神々しく光り、どこか神秘的に映る。

あどけない顔立ちと小柄な体躯は幼さを見せるものの、どこか異様な雰囲気がただの少女だと思わせてくれない。

そんな少女は立ち上がり、ハルカへと体を向けた。

「女神様より聖女のお役目を頂戴しております……セレシア・エメラルと申します」

ハルカは、少女のエメラルドの双眸《そうぼう》に思わず目を奪われてしまった。

――――これが聖女。

世界的に信仰されている宗教の象徴たる人物だ。

クロエと出会った時も、アリスと出会った時も、確かに目を奪われたことはあった。

綺麗な人だなぁと、子供とはいえ年相応の男らしい反応を見せた。

しかし、なんだろう……この気持ちは。

目の前の少女から目が離せないのはもちろん、高鳴る胸や蒸気する頬がいつもと違う。

「ハッ！　まさか恋⁉」

「坊ちゃん、戯言は置いておいてくださいませ」

戯言なのか、と。入り口に突っ立ってしまっていたハルカはクロエに押される。

とはいえ、これが恋でないというのであればなんだろうか？　不思議だ、今でも目を離したくないというのに。

「聖女様には人の視線を惹きつける恩恵がございます。坊ちゃんが私以外に抱いているその感情は、きっと恋ではありませんよ」

「そ、そっか……」

「ですが、私に同じような感情を抱いてしまったのなら、それは恋です」

「何故クロエ限定」

いつでもアピールを忘れないメイドにジト目を向けるハルカ。

その視線を受けているクロエは、どうしてか頬を膨らませてそっぽを向いていた。

そして――、

「クロエさんっ！」

勢いよく、クロエの胸にセレシアが飛び込んできた。

「へっ？」

「もうっ、どうして遊びに来てくれなかったんですか！」

先程まで纏っていた雰囲気が霧散した姿に、ハルカは思わず呆けてしまう。

今視界に映っているのは、自分より一つか二つか上の女の子が慕っている相手と戯れている歳相応の姿。

いきなり変わっちゃったなぁ、と。ハルカは首を傾げる。

だが、ハルカはこの瞬間にあることに気がついた。

（ハッ！　悪役ムーブ！）

初めて訪れる場所に好奇心を揺さぶられていたからすっかり忘れていた。

この場にいる者は、クロエとアリスを除いて全て初対面。ここで新しい人材へクズ息子としての評価を確立させなければ、今まで皆に抱かせてきたイメージと相違が出てしまう。もちろん、そう思っているのはハルカだけだが。

しかし、それはそれ。

優しい男の子だと思われていると気づいていないハルカは、すぐさま悪役ムーブをするためにセレシアとクロエの間に割って入った。

「あっ」

「僕のクロエに触るなっ！」

「坊ちゃん……ッ！」

この女は僕のもの。他の誰にも触らせるもんか。

クズな息子としては、ちゃんと立派な発言だっただろう……とはいえ、それがメイドの胸をキュンとさせてしまったが、それはまた別の話。

慕っているお姉ちゃんが取られたからか、セレシアは頬を膨らませてハルカを睨《にら》んだ。

「何するんですか！」

「クロエは僕のメイドだ！　誰一人にもあげるつもりはない！」

「クロエさんは私のお姉ちゃんです！　っていうより、あなたは誰ですか！」

「僕はハルカ・アスラーン！　公爵家の息子だ！」

「っていうことは、あなたが噂に聞く公爵家のクズ息子さんなんですね……ッ！」

おっと、すでに知られていたとは。

悪役ムーブにより一層信憑性が出そうで、ハルカは少し上機嫌になる。

だが、ここで一つ誤算が――。

「あれ？　でも、おかしいですね……あなたからは悪意を感じられません」

「へっ？」

聖女は純粋を女神から求められるが故に、悪意に敏感になる。

誰が誰に対してどう悪意を抱いているか。一定範囲内の人間であれば、少しの悪意でもセレシアは反応してしまう。

そういう恩恵。

聖女として証明される、客観的証拠といってもいい。

本来、この恩恵にこそハルカ達は用があったのだ。

そのことをすっかり忘れていたハルカくんであった。

「ということは、今のやり取りも何か意図があって……？　私に何かを伝えたいか、もしくはクズ息子だというイメージをつけたいだけ」

バレてら。

「そ、そんなことないよ！　もう、悪意ビンビン！　クロエを取ろうとした聖女様に敵意剝き出しだよ！」

何やら色々バレてしまいそうで焦ったハルカが慌てて否定を入れる。

しかし、セレシアは突然考え込むようにして顎に手を当てた。

「そうは言われましても、こうも悪意を感じない人は珍しいほどですし……」

「け、けど……ッ！」

「今この場で悪意があるのは──」

そう言って、チラリとセレシアが視線を動かす。

『なに、そのドヤ顔？　ハルカくんのお言葉ちょうだいしたからって天狗になってるわけ？　殴っていい？』

『やはり坊ちゃんは大きな胸の女性のほうが好きだということですね』

『今の流れに胸は関係ないでしょ!?　っていうか、そっちが大きすぎるだけで私もDはあるわァァァァァァァァッッッ！！！』

そこには、今にでも喧嘩に発展しそうな二人の姿があった。

「あちらのお二人ですね」

「…………………」

なんだろう、妙に納得感しかない。

ハルカはクロエとアリスの姿を見て思わず固まってしまうのであった。

「(聖女様、彼が例の人ですよ……)」

「(あっ、そうなんですか！)」

固まっているハルカを他所に、セレシアとミナが何やら耳打ちを始める。

そして、唐突に咳払い一つをして、ハルカを現実へと引き戻した。

「ごほんっ！　クロエさんが自分のものだというのにはあとで議論する余地があるとして」

「議論する余地をあの光景を見てもあると思うんだ」

「私は、あなたに伝えたいことがあります」

真っ直ぐに、真剣な表情で向けられた視線。

それに、ハルカは吸い込まれそうになりながらも反射的に見つめる。

「あ・り・が・と・う・ご・ざ・い・ま・す」

「へっ？」

「私は、あなたに感謝をしております」

突然のお礼。

そのことに、ハルカは「身に覚えがない」と、間抜けな声を出してしまった。

一方で、セレシアもまたハルカの反応に首を傾げる。

「(えーっと……彼が先の戦争を終わらせてくれたん、ですよね?)」

「(どうやら彼――『幼き英雄』は自分が助けたと気づかれていないと思ってやがります)」

「(では、教えてあげないといけませんねっ!)」

「(ダメでやがりますよ)」

「(どうしてですか?)」

「(それが助けられた者の暗黙のルールだからです。そうじゃないと、彼は傷ついちゃいますよ)」

「(あぅ……よく分かりませんが、了解です)」

なんで内緒話をするんだろ、と。

二人の行動がさらにハルカの疑問を誘った。


『上等だゴラ！　王女の特権舐めんなよクソメイドッ！』

『やれるものならやってみてください。もっとも、何ができるとは思いませんが――』

『今すぐにでも昨日ハルカくんの服に顔を埋めて「ハァハァ……！」言ってたことをバラす』

『な、なんで知って……卑怯ですよクソ貧乳！　あなた魔術を使いましたね!?』

……ただ、後ろはなんか騒がしいなとも思ったハルカであった。


「なるほど、お話はよく分かりました」

それから少しして。

ソファーに座って来訪の経緯を話すと、セリシアは少しばかり考え込んだ。

しかし、それも本当に少しだけのこと。すぐに説明していたアリスへ笑顔を向けた。

「そのお話、ぜひともご協力させてください」

「いいの？」

悩む素振りこそあったものの、気持ちのいいぐらいの快諾。

条件など提示されるかと思っていたアリスは思わず口にしてしまう。

何せ、簡単に言ってしまえば「私が命狙われてるから護衛手伝ってくれない？」といったお願いだ。

己が標的にされていないとはいえ、厚かましいお願いであるのは間違いない。

王女としてできることはするつもりだったが、まさか何も条件を提示せずに承諾をもらえるとは思っていなかったのだ。

「ふふっ、そのように驚かれた顔をされなくても、私は困っている方を見捨てるようなことはしませんよ。そもそも、人が笑って幸せでいられる世界を望む女神様の信徒として当然です」

なんとも模範的かつ、優しさに溢れる言葉なことか。

赤の他人だというのに、利害度外視で困っている人に手を差し伸べようとする。

これが教会の象徴。誰もが幸せでいられることを望む人間。

ハルカは、文字どおり聖女のような人間の性格を目の当たりにして感嘆してしまう。

「それに、クロエさんのお知り合いというのであれば手を貸さない理由はありませんっ！」

「ありがとうございます、聖女様」

「ふふんっ！　当、然、ですっ！」

胸を張って可愛らしいドヤ顔を見せるセリシア。

よっぽどクロエのことが好きなんだなと、二人の関係値がよく分かる姿であった。

「あとは……まぁ、恩返しですね」

「恩返し？」

「坊ちゃん、その疑問はお口チャックですよ」

「ハルカくん、ありがとうね」

「待って、僕だけ話についていけない。当事者なのに」

聖女が手を貸すのは、困っている人を見捨てられないという優しさと、クロエのお願いでもあるから。加えて、先に起こった身内の戦争を鎮めてくれたハルカに対する恩返しだ。

とはいえ、恩返し部分は当の本人は理解していない。それもハルカに対する配慮だろう。

「しかし、本当によろしいのでしょうか？　今、そちらも大変なはずでは……」

姉のように慕われているクロエが改めて尋ねる。

今、教会は内部で抗争している状態だ。ある意味似たような身内のいざこざに首を突っ込む余裕はないはず。

「元より、聖女様は建国パーティーに参加するから問題ねぇですよ。話を聞く限り、王女様に向けられた悪意を感知してほしいって話でやがりますし」

「はいっ！　その程度であればまったく問題ないです！」

「そうですか、なら安心いたしました」

己の問題に手を貸してもらうようお願いしたとはいえ、それで相手の問題が拡大してしまうのは流石に望んでいない。

アリスの問題ではあるが、クロエは二人の言葉に胸を撫で下ろす。

その姿は、二人を慮っているのだとありありと伝わってくる。話しているのを見ているが、本当にクロエはセリシアとミナと仲がいいらしい。

（どうにかして、こっちの話も解決してあげたいけど……）

そんなクロエを横目に見て、ハルカはそんなことを思ってしまった。

「その代わり、聖女様に何かあれば手を貸しやがってくださいよ？　当日行くのは私だけなんですから、余計な気を回して聖女様の警備が疎かになるとかクソでやがりますからね」

「あぁ、もちろん。聖女様も守れるよう僕が頑張って守るよ」

「ん？」

ハルカの発言に、ミナから変な声が漏れる。

どうしてそんな声が？　と、口にしたハルカは不思議に思った。

「えっ、僕何か変なこと言った？」

「いえ、私はクロエに言ったつもりでやがったんですが……」

「ハッ！」

そもそも、ハルカが『幼き英雄』だということを知らない体裁でこの場は進んでいる。

だから当然、暗黙のルールを知っているミナはクロエに話を振ったのだが……まさかハルカが反応してしまうとは。

これは流石に発言したミナも驚いてしまう。

「も、もももももももちろん分かっていたさ！　だから『僕の』クロエがっていう意味であって！」

「むぅ！　クロエさんは私のお姉ちゃんですっ！」

必死に目を泳がせて誤魔化すハルカ。

暗黙のルールをイマイチ理解していないセリシアは頬を膨らませて抗議するが――。

（あぁ、坊ちゃん……そのお茶目なところが本当に可愛いです！）

（ハルカくんのおっちょこちょいを否定するところ……マジで可愛い）

（なんでしょう……年齢はそう変わらないのに、何故か胸をくすぐるものがありやがります）

三人はハルカの反応に可愛さを覚えるのであった。

「ごほんっ！　んじゃ、話は纏まったことだし長居するわけにはいかないね！」

失言をしてしまったからか、無理矢理話を逸らそうとしているからか。

ハルカは咳払いを一つしておもむろに立ち上がる。

しかし、ここでセリシアがシュンとした顔になった。

「あぅ……もう帰られるのですか、クロエさん」

「坊ちゃんが帰られるというのであれば、私は傍にいる必要がございますので。それに、聖女様もお忙しいでしょう？」

「そ、そんなことはありませんっ！　それはもう、暇で暇で」

「聖女様、今日中に終わらせなきゃいけねぇ書類が山のようにありやがりますが」

「あぅ……」

どうやら、聖女様はお忙しいみたいで。

ハルカに続くように、アリスもクロエも立ち上がる。

「な、ならせめてここで一泊していきませんか……？」

「「「…………」」」

愛らしい聖女様の上目遣い。

そのお願いに、何故かハルカ達は足を進めることができないまま押し黙ってしまうのであった。

◇◇◇

「っしゃぁ！　僕の勝ち！」

トランプを全て場に出し切り、ハルカが拳を突き上げる。

対面では、悔しそうなセレシアが頬を膨らませて床を何度も叩いていた。

「も、もう一回です！　今のはまぐれなんですから！」

「はっはっはー！　負け犬の遠吠えが気持ちぃぃぃぃぃぃぃぃぃぃっ！！！」

セレシアが急いで事務仕事を終わらせ、愛嬌ある上目遣いによって一泊することになったハルカとトランプで遊ぶ。

その頃には日もすっかり暮れ、大聖堂の窓から覗く景色は暗く染められていた。

現在、ハルカは悪役ムーブを意識していないのにうざったらしい男の姿を見せている。

「あの二人、すっかり仲良しになってやがりますね」

ハルカ達の様子を、部屋の椅子に座って眺めるミナ。

アリスは対面で本を読み、クロエは二人が飲んでいたティーカップを回収している。

「まぁ、あの二人は特に年齢が近いですからね」

「そんなこと言ったら私もでやがるんですけど」

「あれ？　ミナちゃんは何歳なの？」

「聖女様の一つ下で、もう少しで十四になりやがります」

「ハルカくんと同い歳なのに、この落ち着きよう……」

見た目からミナはそれほど歳を取っていないと思っていたが、まさか予想以上に下だったとは。

達観しているような、落ち着いているような雰囲気は護衛という立場だからだろうか？　アリスは盛り上がっているハルカを見て、若干苦笑いを浮かべる。

「坊ちゃん、そろそろ就寝の時間でございます」

ティーカップを片付けたクロエがトランプを回収しているハルカ達へ口にする。

「あ、もうそんな時間？」

「あぅ……リベンジしたかったです」

「リベンジはまたの機会に。寝不足はお肌の大敵でございますよ」

しょんぼりしながら立ち上がるセレシア。

一方で、勝ちを収めたハルカは上機嫌でトランプを整理して箱へと詰めていった。

「部屋はどうやら客間を用意してくれているみたいです。本日はそちらで寝ましょう」

「案内してやりますから、早く行きますよ」

二人が立ち上がったタイミングで、ミナとアリスも同じように立ち上がる。

今日寝たとしても、出発するのは明日の昼過ぎ。まだ会えるからか、セレシアは我儘を言うことなく扉へ向かっていくハルカ達へ「また明日です」と小さく手を振った。

ミナ以外はそれに対して手を振り返すと、そのまま部屋を出て行く。

当然ながら、一度訪れたことのあるクロエ以外は大聖堂の中の構造など理解していない。

故に、先頭を歩くミナに付き従うように歩いて行く。

「ハルカさん、今日は聖女様の我儘に付き合ってもらってありがとうございます」

「え？」

「最近は色々と中で揉めていたので、久しぶりに聖女様の楽しそうな姿を見やがりました」

先を歩くミナが振り返ることなく口にする。

「いや、お礼を言うのはどちらかというとお願いを聞いてもらった僕のほうなんだけど？」

「あんなの、どうせ私達も建国パーティーに参加するので大したことねぇですよ。逆に私ら信徒にとっちゃ、聖女様が笑顔でいてくれるほうが大事なんですから」

その言葉を受けて、ハルカは感心する。

信仰している……というよりかは、慕っていると表現したほうが正しいだろうか？　聖女を慮る姿には嘘偽りを感じない。

序列権力関係なく一人の女の子の笑顔を願っている本心は、なんとも心地のいいものであった。

だからこそ、ハルカは「どういたしまして」と素直にお礼を口にする。

「おや、これまた随分と珍しい客人を連れているじゃないか」

カツン、と。薄暗い廊下の先から人影がゆっくりと現れた。

信徒の誰かかな？　そう思っていたハルカだが、ミナの足が唐突に止まったことによって違和感を覚える。

纏う空気は、隠しもしないほどの警戒心。

そして、次にミナの口から漏れた声が先程まで聖女のことを想っていたものとは急激に変わった。

「何しに来やがったんですか……プラム」

薄暗い廊下の先から現れた人影。

歳はクロエよりも少し上だろうか？　艶やかな黒髪を靡かせ、ミナと同じ白い甲冑を纏っている。

顔立ちは凛々《りり》しくも気品に溢れており、どこか飄々とした様子。

プラムと呼ばれた女性は、ミナの視線を受けて肩を竦めた。

「何って、一応私も信徒なのだが。大聖堂に足を運ぶ行為に理由もいらないと思うがね」

「そういうわけではなく……ッ！」

「あぁ、分かっているさ。だが、あえて弁明させてもらうがいくら敵対しているからって、象徴たる聖女様に手を出すわけがないだろう？」

プラムは足を止めることなく、ミナ達へと近づいていく。

「言っておくと、私だってそもそもの話敵対したいと思って敵対をしているわけではない」

「なら、今すぐにでもやめればいいじゃねぇですか」

「いいや、ダメだ。お前達のやり方じゃ、この世で泣いている子供達は救えんよ」

近づいて来て立ち止まる……わけでもなく、プラムはその言葉だけを残して横を通り過ぎていってしまった。

何度か、甲冑が揺れ動く金属音が薄暗い静寂の中に響く。

やがてその音が消え、ミナは振り返ることなく足を進め始めた。

「ねぇ、今の人は？」

なんとも冷え切ってしまった空気を、アリスが破る。

「私達とは違う思想を持った反宗教派――教会の聖騎士ナンバーツーで居やがります」

◇◇◇

初めて大聖堂で泊まるという貴重イベントを体験したハルカ。

何故かクロエとアリスと同室だったというところ以外は新鮮なお泊まりに満足したハルカ。朝食を食べ終え、セレシアからクロエの素晴らしいところをトランプしながら聞かされ、結局なんだかんだ午後になってしまった。

午後……ということは、ハルカ達の出発する時間である。

「うぅ……寂しいです、クロエさん」

大聖堂の門の前にて、しがみつくようにメイド服のクロエへ抱きつくセレシア。

言葉通り、その姿からはありありと寂しさが伝わってくる。

「お邪魔虫クロエは残っていいよー。それで、私はハルカくんと帰宅デートするから！」

「と言ってる坊ちゃんの危険因子がいらっしゃいますので、残念ながら私は帰らせてもらいます。ただ、また遊びに来ますよ」

アリスの言葉を無視して、クロエはセレシアの小さな頭を優しく撫でる。

その光景は、傍から見ているとまるで仲のいい姉妹を連想させた。

「帰りの食料、積んでおきましたよ」

その時、いいタイミングでミナが甲冑を揺らしてやって来る。

ハルカはやって来たミナに向かって――、

「遅いぞ！　僕を待たせるな！」

「なんですか、それ。似合わねぇですよ」

――涙を流した。

「あっ！　ハルカくんになんてことを！」

「似合うではありませんか！　この背伸びしてるところなどが最高に可愛いのでしょう⁉」

涙を流していると、アリスと先程までセレシアを抱き締めていたクロエがハルカへ抱きつく。

こちらは、まるで泣く子供を庇って抗議する母親のように見えた。

「うぅ……僕だってクズになれるもん。っていうかクズだもん」

「よしよし、そうだね……ハルカくんは激クソクズだねー」

「坊ちゃんは最高にカッコ可愛いクズですよー」

「……なんですか、この光景」

あやす際の言葉がクズの連呼。

それでみるみるうちに涙が引いていくのだから、本当に『幼き英雄』はよく分からない。

ミナは大きなため息をつくと、馬車のほうを指さして乗るよう促した。

「ほら、行くならちゃっちゃとしやがれです。ここら辺は夜になると馬車を走らせるの危険なんですから」

宗教都市で一泊するなら問題ないだろうが、いかんせん距離が近すぎて帰るのに時間がかかってしまう。

かといって隣町まではかなり距離があるため、出発するのであればあまり時間をかけられない。一応、午後に出れば夕方までには隣町へ着けることは確認しているのだが、ここで時間を食ってしまえば野宿する可能性だって出てくる。

「そういうことなら、早く行こっか。野宿が嫌ってわけじゃないけど、私はフカフカのベッドでハルカくんと一夜を明かしたい派閥だし」

「こら、何気なく坊ちゃんと同室をセッティングしないでください。坊ちゃんの抱き枕は私の務めですよ」

早速乗り込むアリスに続いて、クロエも馬車へと向かっていく。

その姿を見て、先程まで涙を流していたハルカは「仲がいいなぁ」と思いながら、同じように足を進めようとする。

すると――――、

「あの、ハルカさん」

ふと、唐突に後ろから袖を引かれた。

「なに？」

「いいえ、何というわけではないのですが……」

モジモジと、何か言い難そうにしているセレシア。

そんな彼女を見てハルカは首を傾げるが、すぐにセレシアが口を開いた。

「トランプ……まだ、決着がついてないです」

「いや、五戦五勝で僕の圧倒的勝ち――」

「ついていないんです！」

「えぇ……」

どうやら聖女様は、決着がついていないと主張したいらしい。

「……だから」

そして、セレシアは見蕩《みと》れるような笑みを見せた。

「すぐにお会いしますが、また遊びに来てくださいね！」

クロエに言った言葉。

てっきりクロエにしか懐《なつ》いていないと思っていたはずなのに、まさか自分にも向けられていたとは。

クズ息子だってちゃんと思ってくれているのかな？　なんて疑問はあったが、こうして真っ直ぐに向けられると嬉しく思ってしまう。

「どうしよっかなー」

「この流れで拒否ですか⁉」

「僕はクズって呼ばれるほど空気を読めない男だからね！」

「……歳下のクセに」

「多分、客観的に僕と君は同年齢っぽい扱いをされてると思うよ、皆に」

ハルカはジト目を向けてくるセレシアの反応が面白くて、つい吹き出してしまう。

そして、足元を唐突に指さした。

どうしたんだろう？　そう思ってセレシアは反射的に下を見る。

そこには――、

『楽しかったよ、また来るね』

――そう、地面になぞったような文字が描かれていた。

先程まで何もないただの地面だったのに、この一瞬で文字が現れる。

不思議なのは不思議。これがハルカの魔術によって描かれたことなど、セレシアは知らない。

しかし、あくまでクズ息子として振る舞いたいハルカなりの返答……ということだけは、理解できた。

故に、セレシアはハルカと同じように吹き出して笑みを浮かべる。

「ふふっ、今度から私のことは「お姉ちゃん」って呼んでくれてもいいんですよ？」

「そうさせたいんだったら、もうちょっとお姉ちゃん属性を増やしてくるんだね」

ハルカはそう言い残し、セレシアへ背中を向けた。

（アリスには感謝、かなぁ）

これからまた長い自宅への道のりが待ち受けているが、意外とこの出会いは悪くないものだと思っている。

初めはアリスのために来たことだが、いい人達と出会えた。

クズ息子として振る舞っているからこそ人との出会いが薄かったハルカにとって、抱いてしまった感情は正しく年相応のものだっただろう。

「ハルカくん、早くー！」

「坊ちゃん、出発しますよ」

「あ、うんっ！」

ハルカは笑顔が残った顔のまま、二人が乗っている馬車へと乗り込むのであった。

◇◇◇

王位継承権争いは、現在六人の兄妹によって行われている。

振り返って話すが、この争いは次期国王を決める争いだ。

最終的な決定は現国王の一人によって決められる。採点方法は国への貢献度、影響度によって下されるのだが、これといって選挙や明確なボーダーラインが決められているわけではない。

そのため、躍起になる人間もいれば、アリスのようにそもそも興味を持たずに傍観者に徹する人間も出てきてしまう。

いくら六人の兄妹で争うといっても、蓋を開けてみれば本気で王座に就きたい少数で戦っているのだ。

それでも、アリスが命を狙われているのは何故か？

単純にルールが明確でないからこそ国王になってしまう可能性があるからだ。

戦いを挑む気も商品がほしいわけでもないのに狙われるのは、土俵にあがっているが故。

国王がアリスを指名した時点で、アリスは否が応でも国王にならなくてはいけなくなる。

そして、アリスは兄妹の中でも三番目に周囲からの支持がある。

今までのアリスを見ているハルカが聞けば「え、嘘でしょ？」と思うかもしれないが、長女、気さくに話しかけてくれる性格、国への貢献度、戦闘向きではないもののれっきとした魔術を扱えること。

それらを纏めて、アリスは兄妹の中でも三番目に周囲への影響が大きく、実際に他の兄妹や周囲の貴族からの支持も厚い。

だからこそ、アリスは命を狙われているのだ。

過激……と分類される己の兄妹によって。

「あァ？　アリスが大聖堂に行った、だと？」

王城にあるとある一室。

そこで短く刈り上げた金髪の青年が、一人の騎士の話を聞いて瞳を鋭くさせた。

「はい、どうやら聖女様に出会われたみたいです」

「なるほどなぁ……大方、建国パーティーで身を守ろうって魂胆だろ。聖女の特質さえあれば、仕掛けようとした時点で俺達の行動は防がれる。同時に、アリスへの証拠を押さえられるだろうなァ」

聖女は悪意を感じ取れる。

それは明確に、鮮明に、悪意の種類にまで及び、噂によると『聖女がいればどんな犯罪も未然に防げる』と言われるほど。

故に、聖女がアリス側へ回った時点で建国パーティーではこちらからは仕掛けられないことになる。アリスが身を隠してしまった時点で、狙う機会は建国パーティーに限られる。故に、なんとも痛い話であった。

「ったく、小賢しい真似してくれるぜェ」

金髪の青年――この国における王族であり、軍のほとんどを取り纏める第二王子であるライガは、清々しい表情で天を仰いだ。

「兄貴を直接狙いたいのは山々。とはいえ、剣聖が向こうに就いている時点で不可。逆に兄貴がアリスを狙ってくれればいいんだが、博愛主義のあいつはそもそもその考えがねェ。下を蹴落とす方法がまた一つ減ったなァ」

ライガは過激派だ。

毎回国王が変わる度に行われる王位継承争いで生まれる異質。

今回、目立って王位を争っているのは第一王子、第二王子である。

その双璧の片側に立っているライガは、兄妹に向ける愛情というのが希薄であり、己のためならそもそも殺しても構わないと思っていた。

もちろん、表立って殺してしまえば自身の評価が下がって一気に王位継承権争いから脱落。加えて、極刑になるだろう。

それでも、殺《や》る。

何せ、このほうが確実で一番楽に相手を蹴落とせるのだから。

故に、ライガはアリスを殺害するほうの選択を取った。第一王子には強力な護衛がいるために諦めたが、下を蹴落とすならそう難しくはない……そう思っていた。

「そもそも、前の襲撃で殺せなかったのが意外だったな。正直、あそこでくたばると思っていたんだが」

「……流石に『鬼姫』が相手では難しいかと」

「馬鹿か。んなことは分かってんだよ。あれはそもそも襲撃のカウントにすら入ってねぇ。あの時は、噂の『剣姫』が本当にアリスの味方についたか確認しただけだ」

「では、どのことでしょうか？」

「盗賊使って襲わせただろ、その話だ」

騎士はライガの発言で思い出す。

一回目……パーティーの帰り道で、少数になったところを盗賊に襲わせた。

確か、あの時は噂の『幼き英雄』が偶然居合わせたからだとか。

「まぁ、『鬼姫』が仲間になってしまったのは仕方ねぇ。ここで別の方向を考える」

「別の方法……ということは、正攻法で蹴落とされますか？」

「いいや、方針は変えねぇ。もう一回『幼き英雄』が出張ってくることはないだろうからなァ。『鬼姫』は確かに厄介だが、あいつだけならやりようもある……聖女の件含めて、だ」

そう言って、ライガは近くにあったイヤリング型の通信魔道具に手を伸ばす。

そして、ゆっくりとボタンを押した。

『なんだ、唐突に？　いきなりレディーに電話してくるとは、随分とそちらも暇人のようだな』

聞こえてくるのは、落ち着いた女性の声。

それに対し、ライガは騎士と話す時と同じ調子で口を開いた。

『暇なもんかよ、こっちはこっちで忙しいんだ』

『なら、手短に済ませてくれたまえ。正直、貴様とは利害が合っても価値観が違いすぎて話すだけで不快なんだ』

『あ？　随分な言いようじゃねぇか……教会にたんまり金をやったろ。忘れたか？』

『…………』

『金がいるんだろ？　戦争をするにしても、てめぇらの思想とやらを叶えるためにもよォ』

電話の向こうから沈黙が続く。

しかし、それも数十秒だけ。

『……用件は？』
『なァーに、大したことじゃねェさ』
ライガは口元を歪ませて、通話越しの相手に言い放った。
『ちょっくら、頼みがあるんだわ……序列二位ナンバーツーさん？』

第七章 王位継承争い

聖女と出会ってからはや数週間。

いよいよ建国パーティーを翌日に控えたこの日、ハルカは『幼き英雄』ではなく公爵家のクズ息子としてマントを羽織らず森の中で魔獣を振り回していた。

「がーうがーうわんわーん」

摑んでいる尻尾を、なんとも気の抜けた声を出しながらハルカは地面へ叩きつける。

クレーターどころか、ハルカよりふた回りも大きい牛型の魔獣の体液が辺りへ広がった。

「ふぅ……さして疲れてないけど、一応疲れたアピール」

「それは私の膝枕をご所望ということでよろしいでしょうか？」

近くで聞こえてきたのはクロエの声。

彼女は首から上がなくなった魔獣の胴体に腰を下ろしながら剣をゆっくりと磨いていた。こちらも、惨状の割にはなんとも気の抜けた声である。

「え、ごめん全然違う」

「なるほど、失礼しました……ご入浴のほうですね」

「さらに違うッッッ！！！」

——現在、ハルカ達は冒険者ギルドに張り出されていた依頼をこなしていた。

内容は、指定Aランクの魔獣の討伐。繁殖期を迎える前に個体数を減らしておきたいらしい。

ただ、Aランクの魔獣ともなれば、同じランクの冒険者をあてがわなければならなくなる。

そのため放置されていた案件なのだが、ハルカは今日も今日とてこれから困るであろう誰かを助けるために拳を握っていた。

ちなみに、一応ハルカの中でバレていない扱いのアリスは――、

「……ねぇ、離れたら私が困っちゃうっていうのは分かってるんだけどさ、そろそろ女の子で王女な私へ目隠しと両手拘束をするって部分に疑問を覚えようよ」

――近くで、両手両足を拘束されていた。目隠しも、もちろん忘れずに。

「ア、アリスに悲惨な光景は見せられないからさ……ほら、女の子で王女だし!」

アリスにはクロエが魔獣を倒しているということにしている。

本当にクロエ一人でも充分な案件なのだが、ハルカが「自分の我儘に付き合ってもらってるのに何もしないのは嫌だよ」とのことで、こうしてハルカも戦っていた。

それが余計にアリスへ露呈するリスクを作っているのだが、ハルカはもちろん「目隠ししてれば大丈夫だよね?」的なお考えである。無論、もう既にバレているのだが。

「さっき、可愛い声で『がーうがーうわんわーん』って聞こえた……」

「はっはっはー、暇だったからねー!」

「疲れたとも言ってたけど……」

「あーっはっはっはッッッ!!!」

こういうバレるリスクがあるのにあとから気づくところも、ハルカの可愛いお茶目な部分である。

「しかし……パーティーの前日にまで体を動かさなくてもよかったのではありませんか？」

確かに、明日には建国パーティーが控えている。

わざわざ魔獣狩りをしなくてもいいのでは？　と思うのは当たり前だ。

だが――、

「聖女様に会うためにしばらく出かけてたからね。その分、困っている人もいるかもしれないし」

「坊ちゃん……」

「ハルカくん……」

「だから、クロエには頑張ってもらう！」

最後、ハルカは声を大にして「自分は頑張らない」とアピール。

しかしながら、ハルカの言葉はキュンと瞳をハートにさせている美少女二人には届かなかったようだ。

「っていうわけで、早速街へ帰ろう！　冒険者ギルドに報告しなければいけないからね！」

「かしこまりました。では――」

「ちょっと！　私拘束されたまま放置で動けないんだけど!?」

二人が離れる言葉を口にした瞬間、アリスが叫ぶ。

「やれやれ、私達はあなたの趣味に最後まで付き合う義理はないのですが」

「あんたがしたんだろうが、ホルスタイン……ッ！」

「今思えば、これはイタズラし放題な状態なのでは？」

「そんなに私のことが嫌いか⁉」

無抵抗な相手にそのような発言は確かに鬼である。

アリスは思わず身を逸らし、どこにいるかも分からないクロエへの警戒心を上げた。

「(坊ちゃん、クズ息子としての印象を確たるものにするためには、ここで手を出しておいてもよろしいかと)」

「(ふむ……一理ある)」

だが、敵は爆乳メイドだけではなかったようで。

無警戒で無害だと思っていたハルカが、ここに来て一考し始めた。

「(けど、具体的には何をすればいいの？)」

「(とりあえず、胸を揉めば侮蔑の対象になる可能性があります)」

「(……流石に可哀想じゃない？)」

「(あっ……申し訳ございません。今のは聞かなかったことにしてください)」

「(そ、そうだよね……流石にそういう関係でもないのに女性の胸を揉むのは――)」

「(八割方、あのクソ貧乳を喜ばせてしまいます)」

「(何故怒られる可能性よりも高いの⁉)」

普通勝手に揉まれたら嫌がると思うんだけど、と。一気に乗り気ではなくなったハルカ。

しかし、この至近距離だからか――ハルカ達のやり取りが耳に届いてしまったアリスは、ほんのりと頬を染めた。

「ハ、ハルカくんが触りたいなら……私は別にいい、よ？」

「………………」

どうしてか許諾されてしまったことに、ハルカは押し黙る。

きっと、年相応思春期ボーイの何かが生まれて葛藤が内心で始まったのだろう。

それを見て、メイドのクロエは頬を膨らませた。

「むぅ……私の時はそのような反応をされませんのに。やはり、縛りプレイは殿方に需要があるのでしょうか？」

ただ恥じらうか恥じらわないかの問題だとは思うのだが、自ら煽ったクロエは当初の想像とは違う展開に不満を抱いたのであった。

◇◇◇

さて、建国パーティー当日。

昨日は魔獣退治に加えて事後報告など慌ただしく過ごしていたが、なんだかんだ王都へ向かうための馬車に乗り込むことができた。

「タキシードって久しぶりに着たよ……」

馬車に揺られながら、ハルカは移り変わる窓の外を眺める。

物語の『影の英雄』に憧れる前までは社交界に顔を出したことはあったが、それ以外は参加していない。

つまり、ハルカがタキシードを着たのはもう何年も前のことである。故に、今は着苦しくてなんとも落ち着かなかった。

「最初はグー！　じゃんけんぽん！！！」

「やった、私の勝ちッッッ！！！」

「ぐっ……！　ここでチョキを出してくるとは」

一方で、同じ空間の中では何やら美少女二人がじゃんけんをしていた。

ドレスは王城に到着してから着るようで、クロエはメイド服、アリスはラフな格好である。

「ねぇ、なんでいきなりじゃんけんをしたの？」

一気に盛り上がった車内へ不思議に思ったハルカが首を傾げる。

「申し訳ございません……坊ちゃんを膝の上に乗せるのは私の役目でしたのに！」

「ごめん、なんで謝られたのかとなんで僕の席を動かすのかが分からない」

どうやら、ハルカを誰の膝の上に乗せるかで勝負を決めていたようだ。

別に狭いわけでもない四人乗りの馬車だというのに。

「っていうわけで、ハルカくんおいで〜♪」

アリスが膝の上を何度か叩いてハルカに座るよう促す。

勝手に決められた故にハルカが座る必要はないのだが、座らないと「なんで座ってくれないの⁉

私の膝じゃ満足できないの⁉」などと面倒なことになりそうだ。

ここ最近で己の立場とアリスの性格を把握したハルカはため息をついて立ち上がり、アリスへ近づいてそのまま膝の上へ腰を下ろした。

「きゃー♡　ハルカくんが私の膝にー♡」

「……僕、これもうマスコット枠として確立されてない？」

座らせられるだけでなく背後から抱きしめられたハルカ。

男らしさとクズ息子らしさは一体どこに行ったというのだろうか？　頬ずりをされながら、ハルカは遠い目を浮かべた。

「あー……英気が養われるー、これならパーティーも頑張れそうー」

「え、何かあるの？」

確かに命を狙われているということはあるが、特段パーティーで何かをするわけでもないはず。

催し事の主催でもない、命を守る保険も護衛も用意しているため、アリスはずっと楽しんでいればいいのでは？　と、ハルカは首を傾げる。

「うーん、どこで狙われるか分かんないっていうのもあるけど、仮にも王族だからね……色々重鎮さん達とかに挨拶《あいさつ》されるんだよ」

「あー、そういうこと」

最近はすっかりアリスが王族だということを忘れていたハルカは納得する。

王族ともなれば、貴族や各国からの来賓との対応もあるだろう。欲がある人間ならまだしも、気ままに生きたい人間であれば息苦しいことこの上ない。

ハルカは背中から抱きついているアリスへそっと同情を送った。

「アリス様へ声をかけられる方々も変わっていらっしゃいますよね」

「そりゃ、王族だから普通じゃ――」

「まさかこの国にこれほど貧乳好きがいらっしゃるとは」

「……………ッッッ！！！」

「アリス、落ち着いて！僕の体が最大限締められてるッッッ！！！」

二次被害が凄まじかった。

「ハッ！　どうせそっちは鼻の下を伸ばしたおっさんにしか興味持たれないんでしょ⁉　何？　ハルカくんを奪われたからって嫉妬？」

「べ、別に奪われてなど！　最終的には、坊ちゃんが私の下へ戻ってくるのは決定事項です！」

「ハルカくん、脂肪の塊ってね……いつか萎んで垂れるんだよ？」

「へ？」

「坊ちゃんに誤情報を教え込むなど、いい度胸をしていらっしゃいますね……このクソ貧乳が！　さらに削って水平線にしてやります！」

「やってみなよ、ホルスタイン！　もう搾れなくなるまで潰してやらぁ！」

ハルカの頭上で二人が火花を散らし始める。

正直、ところどころハルカにはまだ早い世界の単語が出てきたためしっかりとは理解していないが、とりあえずいつもどおり喧嘩していることだけは分かった。

「まぁまぁ、落ち着いてよ二人共。せっかくのパーティーが始まるんだからさ」

「むぅ……坊ちゃんがそう言うのであれば、大人しくこの坊ちゃんの大好きな胸を引っ込めましょう」

「むぅ……ハルカくんがそう言うんだったら、大人しくいつものハルカくんが大好きなプリティーな顔に戻すよ」

意外と息の合う二人である。

「しかし、坊ちゃんは今回のパーティーが楽しみなのですか？」

「うん、なんだかんだパーティーは僕のクズ息子っぷりをアピールできる時だからね！」

パーティーは影響力のある人間が多く集まる場だ。

ここで「公爵家の嫡男はクズだ」という認識を広められれば、あっという間に各地へハルカの名前は広がるだろう。

「ふふふ……まずは他の人の分までいっぱい食べて、グラスの中身を溢そう。楽しんでいる人の邪魔はすると可哀想だから喧嘩は売らないとして、話しかけられたら舐めた態度を取ってやるんだ……」

先のことを想像し、不気味な笑みを浮かべるハルカ。

そんな『幼き英雄』を見て――

（きっと、思っている方向にはならないんだろうなぁ）

（恐らく、可愛いままの印象で終わるのでしょうね）

傍から見ていたクロエとアリスは、同じような微笑ましい瞳をハルカへ向けるのであった。

◇◇◇

建国パーティーの総参加者は約三百人。

他国との来賓を含めての数ではあるが、それにしても大きい規模である。

それ故に、毎年開かれる建国パーティー用に作られた王城の会場は想像以上に大きく、中に入ったハルカは思わず茫然と立ち尽くしていた。

（うわぁ……）

まだ時間前ではあるが、会場には多くの礼装をした参加者の面々の姿が。

天井には巨大なシャンデリアが幾つも吊るされており、耳には演奏家達の優雅なメロディーが届いてくる。

流石は、年に一度の王国最大のパーティーというべきか？　社交界に顔を出してこなかったハルカは、悪役ムーブなど忘れて場に呑まれてしまうだけである。

一方で、ハルカの傍にたまたまいた人間も一様に少年の姿をチラチラと見ていた。

初々しい反応をしているからというのもあるだろう。ただ、それ以上に今まで顔を出してこなかった公爵家の嫡男が姿を現しているほうが気になっているはず。

『あの子は、もしかして噂の……』

『可愛らしい姿をしておいて、性格に難がある問題児だとか』

『どうにかして、彼を引き込みたいわね。あんな見た目してSSランクの冒険者をも凌ぐ『幼き英雄』なわけだし』

などなど、周囲の反応は三者三様。

それは風で流れる噂が届いているか届いていないかの違い。

とはいえ、圧倒されているハルカは周囲の声など耳に届かず、ただただ会場の中を見つめていた。

その時───、

「お待たせしました、坊ちゃん」

「ハルカくん、お待たせー」

ふと、横から声が掛かる。

すでに着替えていたハルカとは違って、クロエとアリスはドレスに着替える必要がある。

ハルカは「着替え終わったんだ」と、我に返って横を向いた。

すると───、

「どうかな、ハルカくん？」

アリスは一回転をしてドレスを翻す。

明るい性格のアリスに似合うピンク色のドレスだ。丈が長い分肌の露出は控えめであり、あしらわれた装飾がシャンデリアに反射して輝いて見える。

普段のアリスとは違う格好なのに、アリスのよさを最大限活かしているような気がした。

「うん、すっごい似合ってる。やっぱりアリスって美人さんだよね」

「えへへー、ありがとっ♪」

ハルカの素直な言葉に、アリスは上機嫌に笑う。

それが余計にも可憐で愛らしいのだから、美少女というのは本当に恐ろしいものだ。

「坊ちゃん、私はいかがでしょうか？」

「えーっと、クロエは――」

ふと、ハルカの言葉が一瞬止まった。

サイドに纏めていた銀髪は下ろされ、若干髪にカールを施している。いつもはすっぴんで素材そのままのよさを出していたのだが、今日は薄く化粧をしているようだ。

さらに、纏っているのは夜空のような深い黒色。装飾ではなく、生地そのものが光っているのか、さながら夜空の星を見ているかのようだった。

（や、やばい……）

どうして言葉が止まってしまったのか？　言われなくても、ハルカは理解している。

見惚れていたのだ、単純に。よき理解者として一緒にいるメイドの女の子に。

（いけない、すぐに褒めないと！）

メイドに見惚れるなど、貴族失格だなんて言えればよかったのだが、そう思ってしまったのは「クロエにからかわれちゃう！」といったもの。

だから、ハルカはすぐに――

「ふふっ、見ましたか坊ちゃんの反応を？　これこそ胸の大きい女性が好きだという証拠です」

「ぐぬぬぬ……ッ！」

――口を開くのをやめた。

こいつは褒めようが褒めるまいがすぐにからかってくる。

「そういえば、アリスはこっちにいていいの？　王族だったら、別の場所にいなきゃいけないとか」

「あー、いいのいいの。挨拶とかそういうのは国王と上のお兄ちゃん達がすることになってるし」

それに、と。アリスは申し訳なさそうな顔を浮かべた。

「あいつらと一緒にいたら何かあった時に守ってもらえないから。こればっかりは、ハルカくん達には申し訳なく思ってる」

おおよそ、誰が自分を殺そうとしたのか目星はついている。

それなのに、わざわざ敵の懐《ふところ》まで行く必要はないだろう。

加えて、この会場には警備の騎士こそいるものの、れっきとした一人ひとりの護衛というのはいない。気兼ねないパーティー……というのを、楽しめなくなってしまうからといったことらしい。

故に、この中で最も信頼のおける最高の護衛の傍に居るしかないのだ。

「ううん、そんなこと言わないでよ。女の子が困ってるのに、見過ごすほど僕は腐っちゃいないし」

「ハルカくん……」

「だからさ、クロエ」

そう言って、ハルカは横にいるクロエに視線を移した。

その瞳が何を訴えているかなど、唯一の理解者であるクロエは理解している。

「不本意ではありますが、承知いたしました」

今日一日、アリスの護衛をしろ。

男であるハルカは、時と場合によっては一緒にいられないこともあるだろう。

その点、平民でありメイド、同性であるクロエであればきっちりとアリスを守れるはずだ。

悪意は、聖女が協力してくれることになっている。

あとは最も対処ができる人間が傍に居れば完璧だ。

「……ありがとね、ハルカくん」

ボソッと、アリスは口にする。

確かな、心の底からのお礼。

それを口にしたアリスの頬は、薄く朱に染まっていた。

◇◇◇

『堅苦しい前置きは不要だろう……皆のおかげで今日という日を迎えることができた。存分に楽しんでくれ』

国王による挨拶が終わり、会場内に演奏が響き渡る。

特定のスケジュールなどない。ここからは、各自それぞれ最後のダンスを迎えるまで好きなように時間を過ごす。

(壁の花、壁の花っと)

ハルカは早々に壁際に移り、会場の様子を眺めることにした。

悪役ムーブをするにしても、早々というわけにはいかない。夢中になっている時にこそ、咄嗟《とっさ》のアクシデントに注目が集まるため、気がまだ散っている今の状態ではあまり印象が残らないと判断した。

『アリス様、その方はもしや……』

『おぉ！　アリス様ほどのお方であれば『鬼姫』をも部下として手元に置けるとは！』

『もしよろしければ、ぜひともご挨拶を！』

一方でアリス達は、開始早々大勢の貴族達に囲まれ始めた。

流石は第一王女といったところか。クロエという冒険者の中でトップクラスの実力を誇る女の子が傍に居るのも要因だろう。

加えて、二人共群を抜いて容姿が整っているため、そういう意味で近づいて来る貴族もいるのかもしれない。

おかげで、アリスとクロエは一気に会場の中心へと登り詰めていた。

「(あなたのおかげで変な誤解を受けているのですが、どうしてくれるのですかクソ貧乳?・)」

「(いやいや、私に感謝してほしいぐらいなんですけど? いいじゃん、婚期逃す前にいい男でも見つけたら? そしたら、ハルカくんは私がゲット♪)」

「(……坊ちゃんのお願いがなければ今にでも八つ裂きにしてやれましたのに)」

「(ふふっ、超愉快愉快♪ ホルスタインの困っている姿でワインが進むのなんの!・)」

なお、笑顔を浮かべている奥底で喧嘩が勃発《ぼっぱつ》しているとは誰も気づいていないようで。

つつがなく、アリス達の周囲は話が進んでいるようだった。

その時――――、

「ハルカさんっ!」

壁の花に徹していたハルカの下へ、明るい声が向けられる。

ふと視線を向けると、そこには艶やかな純白のドレスを纏ったセレシアの姿と薄青色のドレスを着たミナの姿があった。

「お久しぶりですね、聖女様。それとミナさんも」

「お久しぶりでやがります」

教会で別れて以来だ。

二人もやって来るとは知っていたが、まさかこんな開始早々だったとは。

少し意外な来客に、ハルカはちょっとだけ驚いた。

「っていうか、クロエのところに行かなくていいんですか？」

クロエ大好きっ子のセレシアであれば、真っ先に向かうと思っていたのに。

ハルカが驚いた部分は、正しくここの部分である。

「流石にあれほど囲まれていれば突撃する勇気が……」

「聖女パワーで道ぐらい開けてくれそうだけどね」

「人様の談笑を邪魔するほど、私は厚かましい人じゃありません！」

どちらかというと、突貫して道を開けさせた方がクロエ達は喜ぶだろう。

あの二人は好きで囲まれているわけではないのは、作り笑いな表情を見れば一目瞭然。

しかし、優しい女の子の気遣いを無意味にはさせたくないため、ハルカは黙っておくことにした。

「それで、どうですか？　例の話は」

ハルカは壁にもたれ掛かりながらセレシアに尋ねる。

「そう、ですね……正直に言うと、この会場にはたくさんの悪意が湧いています」

ハルカの言葉を聞いて、セレシアは真剣な表情へと変わる。

しかし、どことなく悲しさが滲んでいるのは己で口にした言葉のせいだろう。

「まぁ、仕方ねぇですよ。建国を祝う場だとしても、重鎮にとっては思惑を果たすうってつけの場でいやがりますからね」

「まったく……貴族っていうのは恐ろしい人達だね」

「ハルカ様も、その枠組みでやがりますが」

「僕は政治よりも優先したいことがあるから」

そう、如何にクズ息子としてアピールするか。

どうやって己の腹を満たすかよりも、己の憧れへ近づくことのほうが最優先。もちろん、アリスを取り巻く問題のほうが最優先ではあるが。

「ハッ！　今にして思えば、ここには父さん達がいるんだった！　ここで問題を起こせば折檻《せっかん》確定じゃん……ッ！」

「え、ハルカさんのご両親が来られているんですか？　だったら、今すぐご挨拶にいかないと——」

「待って、婚前の挨拶じゃないんだから結構です！」

いきなりご両親の前に同世代の女の子を連れていけば、どう解釈されるか。

ハルカは友人として挨拶に行こうとしているセレシアの腕を掴んで制止させた。

その瞬間、ハルカの視界にとある人だかりが映る。

「……あれは」

人だかりの中心。

そこには、自分よりも何歳か歳上の青年の姿があった。

アリスと同じ金髪に、闘争心溢れるいかつい顔立ち。気品というよりかはカリスマ的なオーラだろうか？　そのようなものが、青年から醸し出されている。

「あぁ、あの人ですか」

ハルカの向けている視線になぞって、ミナが口を開く。

「あの人こそ、クロエ達が警戒している人でやがりますよ」

「ってことは――」

「えぇ」

二人の少し厳しい視線の中で、セレシアは首を傾げる。

それでも、ミナは答え合わせをするように言葉を続けた。

「ライガ・ジーレイン。この国の第二王子で、アリス様を狙っている元凶の最有力候補でやがります」

◇◇◇

パーティーは特になんの問題もなく進んでいった。

トラブルが起こることもなく、ただただ建国を祝うための時間が過ぎていく。

だからこそ余計に不気味に思うのだが、それを顔に出すほどアリスは馬鹿ではない。

（まぁ、私が聖女様に会いに行ったって情報は伝わってるだろうし、手を出すのは諦めたかにゃ？）

それに、今回は傍にクロエがいる。

大陸で名を轟かせる実力者が傍にいる以上、闇討ちなど狙っても返り討ちに会うだけだ。

そう考えると、手出しがしやすい環境でも手出しをしてこない理由も頷ける。

「拍子抜けですね」

ワインを片手に、隣にいるクロエが口にする。

「てっきり、闇討ちか毒でも盛られるかと思っていたのですが」

今は落ち着いて、アリス達の傍には貴族達の姿はない。

ハルカがこの場にいないのは、二人なりの気遣いだ。側にいてアリスの面倒に巻き込まれてほしくない、などといったもの。

現に、視界の隅に映る愛らしく愛おしい少年は「いつワインを溢せばいいかな？」と、ソワソワしながら歩いていた。

そんな中で、アリスは同じくワインを一口もらって返答する。

「そんな素振りはなし。結構向こうも慎重みたいだね」

「いっそのこと、ここから抜け出して誘《おび》き出してみますか？」

「アリっちゃアリだね。何もされないのはいいことだけど、現状が停滞したままだし」

いつまでも身を隠し続けるわけにはいかない。

だからこそ、アリス達はわざわざ敵の狙いやすい場所へと足を運んだのだが……蓋を開ければ拍子抜け。

このまま進行してしまえば、状況は今と何も変わらない。

「まぁ、そうなれば継承権争いが終わるまで隠れてればいいわけですし、問題ないのでは？」

「そっちが早く終わらせようって言ったんじゃん。っていうか、あんまりハルカくんのところに居続けると『デキてる!?』って噂されちゃうよ。有名人のお忍びデートがお忍んでくれなくなっちゃう」

「……そこはしっかりと線引きをされるのですね」

てっきり「それもそれでアリ……」とでも言うのかと思ったのだが、返ってきたものはハルカを慮ったもの。

意外な言葉に、クロエは少しだけ目を丸くした。

「そりゃ、私だってハルカくんとそういう関係にはなりたいけどさ、無理矢理とかやむを得ずって感じにはしたくない。恩を仇で返すなんて……それこそハルカくんに失礼だよ」

「そうですか」

二人は同時にワインを口に含む。

さて、これからどうしようか？　などと、そんなことを思いながら。

そして――、

「こんな隅でよォ……王女だったらもうちょい振る舞いってもんを覚えたらどうだ？」

カツン、と。二人の耳に足音が届く。

顔を向けると、そこにはどこかアリスと似た面影がある青年の姿があった。

「あらー、ライガお兄様は人気者だった頃の私を見ていらっしゃらないわけで？」

「煽るんだったら、場所を選んどけ妹よ。壁の花状態じゃ、説得力に欠けるぞ？」

アリスの顔に貴族達を相手にしていた時と同じ笑みが浮かぶ。

ただ違うのは、その瞳がまったく笑っていないこと。ありありと警戒心を剝き出しにしながら、実の兄に相対する。

一方で、クロエは傍にいるにもかかわらず傍観者に徹していた。

恐らく、ここで自分は割り込まないほうがいいと判断したからだろう。

「んで、今日は何もしないんだ？」

「んー？　俺はてめェに何をした覚えなんてねェんだがなァ？」

「嘘くさ、妹を狙うなんて家族の片隅にも置けないくせに」

「そういう家族愛を語るんだったら証拠を提示してみろ、アホ妹。そんなんだから結局は他人のおんぶに抱っこで居続けるんだろうが」

「……ッ！」

アリスが浮かべていた笑みを崩して歯を食い縛る。

現状、確かにアリスはおんぶに抱っこの状態だ。一人では何もできず、ハルカやクロエ、護衛の騎士達に肩を借りていた。

故に「役立たずの足手まとい」と言われても、反論するものがなかった。

「まァ、いい……お前に話しかけたのは、単に用事があるからだ」

ライガは口元を吊り上げる。

「てめェに会いたい客人がいる。このまま俺について来い」

「……そんな不気味な笑みを浮かべられたまま「はい、お兄様！」ってついて行くと思ってんの？」

「思ってるさ、てめェが厚かましそうで実は誰よりも罪悪感を覚える女だっていうのは嫌というほど知ってんだからよォ」

「…………」

キツく睨まれてもなお、ライガは不遜に口元を歪ませた。

アリスも、横で聞いているクロエも、ライガの発言が罠だということを知っている。

大方、人気のないところに呼び出して始末しようとでも思っているのだろう。

回りくどいことなどせず、直接的に。聖女という悪意に敏感な存在がいる以上、闇討ちなど無意味。どうせ殺るならいっそのこと。故に、アリスを殺すために――。

「そういうことであれば、行きましょうか」

「ちょ、クロエ!?」

勝手に返答したクロエに、アリスは振り向く。

「何言ってるの!?　私はいいけど、クロエが……」

「構いません、そのための私でございますから。ですので、アリス様はしたいように己の問題を解決するために動いてくださいませ」

クロエはアリスが気に入らない。

それでも、これとそれとは話が別――善良な少女を殺そうとする輩《やから》を許せるほどクロエはクズではない。

ただそれだけ。アリスは何か言おうにも続きの言葉が出なかった。

そんな様子を見て、ライガは二人に背中を向ける。

「ついて来い、外へ行くぞ……あァ、余計な真似はすんなよ？　てめェらが大好きな男の子がどうなっても、俺は知らねェからなァ？」

どこまで行っても、クズはクズ。

アリスとクロエは確かな殺意を湧かせながら、元凶最有力候補の後ろをついて歩くのであった。

◇◇◇

――聖女であるセレシアの役目は、聖女としてこの場に顔を出すこと。

ある程度の交流と信徒の勧誘。政治的な側面では内々に争いこそあるものの、聖女としては何かをすることはない。

しかし、今回だけはまた事情が変わってくる。

姉のように慕っていたクロエからのお願い。

今の教会のように身内での争いによって、善良な女の子が傷つけられるという。

セレシアはその子のために、その子へ向けられる悪意を汲み取って報告するといった目的がこの場ではあった。

「んむっ⁉」

「どうしたんですか、聖女様？」

パーティーである程度挨拶が終わり、珍しい料理に舌鼓を打っていた頃。

セレシアは唐突に背筋を震わせた。

「むぐ、ふむむむむむっ！」

「落ち着いてください。ちゃっちゃと食べちゃってから話しやがるです」

「……ごくっ、ぷはーっ！　た、大変なんですっ！　アリス様に向けられた悪意が……ッ！」

慌てふためくセレシアの言葉に、ミナは眉をピクリと反応させる。

ミナもある程度の事情はセレシアを護衛する者として聞いていた。この言葉が彼女から発せられたということは、第一王女を狙う輩が動き出したということだろう。

（結局、こんな状況でも狙いやがりましたか）

己もある程度「狙うならここだろうなぁ」とは思っていた。

しかし、同時に「このような人が集まる場所で狙うか？」などとも同時に思っていたのだ。

蓋を開けてみれば前者。ミナは急いでセレシアが指をさしたほうへと視線を向けた。

そこには、第二王子の後ろをついて歩くアリスとクロエの姿が――。

（どういうつもりです……？）

闇討ちなどではなく、堂々と接触しに来たライガもそうだが、易々とついて行くアリス達も不思議だ。

今、直接的に接触があるのなら罠の可能性が高いなど明白。その上でついて行くなど、一体どういう思惑があるのか？

(クロエがいる限り、万が一っていうのはなさそうでやがりますけど)

不気味といえば、不気味。

聖女であるセレシアがここまで怯えたように反応しているということは、間違いなく殺る気の表れだ。

(とりあえず、あの『幼き英雄』に報せて——)

そう思って、ミナは会場を見渡す。

だが、隅々まで見渡してもハルカの姿がどこにもなかった。

お手洗いにでも行ったのだろうか？　いや、でも先程までワイングラスを片手にオロオロしていたはず。

そんな一瞬で会場からいなくなることなどあるのだろうか？

「ったく、面倒な状況でやがりますね……」

ミナはため息をつきながら頭を掻くと、そのままセレシアの手を引いて会場をあとにした。

◇◇◇

「はぁ……ミスっちゃったかなぁ」

一方で会場から姿を消したハルカは、一人肩を落としていた。

ハルカを映しているのはシャンデリアの光などではなく、月光。

肌寒い夜風が己の髪を揺らし、庭園に咲く草木が小さな擦れる音を奏でていた。

そんな場所で、ハルカは積み上げられた人の山の上に座りながら頭を掻く。

「ほんとは会場にいたほうが何かあった時に対処ができるんだけど……」

ふと、ハルカは視線を向ける。

「僕も聖女様ほどじゃないんだけど、悪意には敏感なんだよね……もしかしてさ、そのことを知って誘ってきたの？」

「いいや、そんなことはないさ」

そこには、艶やかな黒い髪を靡かせる一人の女性が肩を竦めていた。

この女性には見覚えがある。

着ている服が白い甲冑ではなくパーティー相応のドレスではあるが、確か――、

「プラムさん、だったたっけ？」

「そちらは、確か公爵家の面汚《つらよご》し……だったかな？　まぁ、もちろん……こんな惨状を引き起こして

おいて、今さらただのクズ息子だとは思えんが」

プラムはチラリとハルカの下に視線を移す。

山のように積み上がった人……もちろん、死んでいるわけではない。

全員が全員気絶させられており、当事者でありその場にいたプラムは誰が引き起こしたのかを理解している。

(おい、軽く脅して人質にするという話だったはずだが……こんなこと聞いてないぞ?)

プラムは脳裏に浮かぶ金髪の青年に対して舌打ちをする。

当初はハルカを呼び出し、どこかにでも閉じ込めて人質にする。

そして、自分はあの男と合流——する予定だった。

しかし、蓋を開けてみればどうだ？　呼び出す前に現れ、こちらの人員が全て潰されている。

「まったく、恐ろしい子供だ。ただ、私は人でなしのお願いを聞きにこっそり遊びに来ただけだというのにな」

「……目的は聖女様？　そういえば、争ってるんだっけ？」

「馬鹿を言え、身内で争おうが我が聖女様に危害を加えるわけがないだろう」

放たれた言葉には少しばかりの怒気が含まれており、ハルカは見下ろしながら眉を顰める。

——本当に聖女に危害を加える気はないらしい。

それどころか、そう思われていること自体が不快だと言っているような気さえする。

「……その割には、身内同士での争いしてるけど」

「我々とてしたくてしているわけではない。ただ……そうだな、本当に譲れないものがあるからさ。そのために王女を狙おうとしたのは悪いとは思っている」

「ふぅーん」

ハルカは興味なさそうに鼻を鳴らす。

深く聞かないのは、本当に興味がないからだろう。

何せ、ハルカには他人を傷つけようとしている人間の話など耳を傾ける理由がないからだ。

「……さて、と」

人の山から下りて、タキシード姿のハルカは腕を回す。

「そろそろ始めよっか。人に見られたくないのはお互い様だろうしね」

その様子に、プラムは肩を竦めた。

(逃がしてくれる気はなし、と。これでは合流は難しそうだな)

当たり前は当たり前。

これから誰かを傷つけようとしている人間を見逃すのであれば、そもそもわざわざここ姿を現したりはしない。

「まぁ、私はそうではあるが……君は別に構わないのではないかな？　それこそ、騒ぎを起こしたほうが我々の存在を知らしめられるぞ？」

「……僕にもやむを得ない事情というのがありまして」

それに、と。

ハルカは拳を握る。

「君が誰かを傷つけようとした……って聞いたら、聖女様が悲しむかもしれないから」

「……そうか」

それを聞いて、プラムは口元を緩める。

「随分とお優しい英雄《ヒーロー》もいたもんだ」

そしてこの瞬間、互いが一斉に地を駆けた。

人目も人気もない、美しく月夜に照らされた庭園にて、人知れず戦闘が始まる。

第八章 ✦ 争いの局面

アリス達がライガに連れられてやって来たのは、王城の隅に沿って聳《そび》え立つ外壁であった。

パーティーの真っ最中だからか、もちろん人気はない。

程よく心地よい夜風が吹くだけで、誰の声も耳に届かなかった。誰かが待っていると、そう言っていたはずなのに。

（やっぱり、罠だったかなぁ）

靡く金髪を押さえながら、アリスは思う。

状況から鑑みるに、人気のいない場所におびき寄せて始末する……というのが普通だ。

ただ、疑問に思うのは「そんな安直なことをするのか？」である。

パーティー会場から一緒に出てきたのは他の貴族達が見ているし、何かをすれば必然的に犯人が特定できてしまう。今まで、刺客を送ってきた意味がない。

「あァ？　なんで居ねェんだよ」

目の前に立つライガが、演技ではなさそうな様子を見せていたのだ。

怪訝そうな顔をして、辺りをキョロキョロと見渡している。

そして、おもむろに耳に当てて通信用の魔道具を起動させた。

「おィ、今何してやがる？」

『貴様が、ヘマをするからだろう……ッ！』

静かな場所だからか、二人で話すための魔道具から音が漏れてしまっている。

聞こえてくるのは女性の声と、何やら重たい戦闘音のようなもの。女性も気が散っているように声が震えているし、一体どのような状況なのかアリスも測れずにいた。

「ヘマ？　てめェにこの段階でミスらせるようなお願いはしてねェだろうが」

『切るぞ⁉　これは約束の履行以前の問題だ……こっちはこっちで手が離せないものでな！　人質云々ではなく、そもそも前提が……ッ⁉』

「……あ？」

ブツッ！　と、通信用の魔道具から声が途切れる。

それを聞いたライガは眉を顰めたあと、大きくため息をついて魔道具を耳から外した。

「これはてめェらの差し金か？」

「なんの話……？」

「しらばっくれ……ているわけじゃなさそうだなァ。ってことは、あのクソ坊主が……？」

ライガは顎に手を当てて考え込む。

アリスとて、今がどのような状況なのか分かっていない。きっと、横にいるクロエに聞いてもよく分かっていないだろう。

今の王城で何が起こっているのか？　まず第一に、ライガの想定外からこの状況が始まっているのは確かだ。

それ故に、アリスの警戒も少し和らぐ。想定外から始まったのであれば、想定内に収まるまで何もしてこないだろうから。

——と、いうのは希望的観測だったかもしれない。

「チッ、仕方ねェなァ」

ガサガサッ、と。近くの茂みから何やら音が聞こえてくる。

すると、そこから一人のドレスを着た令嬢がナイフを片手にこちらへ突っ込んできた。

「い、嫌だ嫌だ嫌だ嫌だ嫌だ嫌だ嫌だ嫌だ嫌だ嫌だ嫌だ嫌だっ！！！」

ただ、その令嬢は涙を濡らしながら必死に顔を歪ませていて。

そのナイフの矛先は、何故かアリスではなくライガのほうへと向いていた。

（……は？）

令嬢を脅して殺そうとしている？　いや、脅されたというよりかは体が自らの意思に反しているみたいな感じ。

それに、何故狙っている私ではなくライガに突貫する必要が——

「そういう、ことか……ッ！」

思考してしまったことによって生まれた一瞬の硬直。

何かに気づいた、アリスはすぐさまその場から身を転がそうと体を傾けようとした。

しかし、一瞬の空白がすでに致命的。

令嬢のナイフは手前で軌道を変えてアリスの喉元を的確に狙った。

「……まったく、手のかかるお姫様です」

甲高い金属音が響き渡り、令嬢の握っていたナイフが宙に弧を描く。

「して、これはどのような状況なのでしょうか？」

クロエがいつの間にか手にした剣を握りながら、後ろにいるアリスへと尋ねる。

身を転がそうとしていたアリスの態勢は低く、見上げるような形で彼女は口にした。

「……お兄様の才能は『支配』」

「ほぅ？」

「他人の体を一時的にコントロールできるのが、お兄様の魔術」

それだけで、クロエは一連の流れを理解した。

令嬢を支配して、アリスを狙わせた。そうすれば、自らの手を汚すことなく他人に罪を擦《なす》り付けられる。

「なるほど」

「ただ、それ以上は知らない。家族であっても、魔術の詳細までは開示しないから。私も同じだけど」

悔しそうに、アリスは呟く。

（ただ、解せませんね……）

それであれば、こんなところにわざわざ呼び出す必要もない。

遠くから、己が関与したと気づかれない場所で、こっそりアリスを狙えばよかったのだ。

こんな可憐な令嬢を駒に使わずとも、いくらでも自らの痕跡を残さず狙う方法があったはず。

「そりゃ、俺がこの目で妹の死亡を確認するためだろうがよォ。こっちは想定外の想定外なんだ、これはあくまでしたくない方法の一つ……なら、これぐらいの駄賃はねェとやってらんねェだろうが」

そう呟いた時、剣を握っていたクロエの腕が真後ろに振るわれた。

「は？」

「ッ!?」

間一髪、といったところだろうか？

アリスは咄嗟に身をさらに低くしたことによって上に通り過ぎた剣を躱した。

一方で、命を狙ったクロエの顔は……ひどく困惑に染まっている。

「トリガーも、何もなしで……ッ!?」

他人を操る……などという魔術は強力だ。

それ故に、何かしら条件があってもおかしくないと考えるのが普通。接触か、会話か。

ハルカの魔術だって、己の感情というトリガーが設定されている。

クロエの魔術は単に剣を生み出すだけ。故にトリガーは設定されない。

強力になるにつれて、そういったトリガーは必然的に設定されてしまうものなのだ。

だが、このライガという人間の魔術は――。

「トリガーはあるぜ？　まァ、教えるつもりは妹でもねェがなァ！」

ライガが口元を歪める。

この場には立証してくれそうな人間はいない。つまり、ここでクロエがアリスを殺してしまった場合、ライガがやったという証拠もないままことが終わってしまう。

「っていうか、俺がアリスを殺したって話になっても問題はねェんだ。なにせ、自分がやったんだって勝手に自分の口が言ってしまうんだからよォ！」

魔術が知られていたとしても関係ない。

証拠もなければ、殺した本人が自ら「己が犯人」だと証言してしまう。

故に、誰も疑いこそすれど牢屋の中に入れることはできない。

(坊ちゃん……ッ！)

脳裏に浮かぶのは、愛しい少年の姿。

クロエは唇を噛み締めながら、己の意とは反した動きに抗おうとする。

しかし、剣を握っている剣は真っ直ぐにアリスへと向かう。

「なーに、やってんでやがりますか」

ガキッ、と。

クロエの剣が真上へと弾かれる。


「まったく……どういう状況か、説明してくれやがるんですよね？」

教会の聖騎士。その序列三位《ナンバースリー》。

その少女が、大剣片手にこの場へ姿を現した。

◇◇◇

この選択が間違っているなど分かっている。

ライガに言われたのは、パーティー参列者として会場に行き、早々にアリスの弱みであろうハルカを捕え、人質にすること。

そのあとは単にライガと合流して自分の手で王女を殺す。

事故に見せかけるもよし、堂々と殺すもよし。要は、ライガが殺していないと主張できればそれでよかった。

そうすれば、多くの金が送られるから。

誰かの命で多くの人を救える金が手に入る。

本末転倒だというのは重々承知しており、これが望む未来へと繋がるのだと信じてライガと約束を交わした。

だというのに――、

「ふ、ざけっ……‼」

プラムはその場で身を転がし、すぐさま走り出す。

直後訪れたのは、背後から聞こえる激しい衝撃音だ。

(これが、公爵家のクズ息子だと⁉)

背後は振り返れない。

振り返った瞬間、次のアクションがプラムの体を襲ってくるからだ。

「これは僕の我儘だ」

プラムがそれでも背後を振り返って携えていた剣を前にかざす。

その時、剣諸共《もろとも》プラムの体が勢いよく後方へと吹き飛ばされた。

「誰かが笑っていられる世界を。そのためだったら、僕は拳を握る」

プラムの体は何度もバウンドしていき、やがて庭園の柵を壊してしまう。

剣を握っていたはずの腕が両方とも痺れ、胴体に激しい痛みが襲った。

苦悶で顔が歪んでしまうのも仕方のないことだろう。何せ、ただ殴っただけの一撃が子供の見た目からでは想像がつかないほどの重さだったのだから。

「……これでも、私はそれなりの腕なのだけれどな」

プラムの実力は、クロエにも迫る。

聖騎士の中での序列二位ナンバー・ツー。ひとたび戦争に駆り出せば、百騎以上の戦果を残すとされている。

それでも、なお。押される。たった一人の少年によって、為《な》す術なく。

逆に言えば、実力があるからこそ持ち堪えているのかもしれない。

プラムは知らない。

公爵家のクズ息子と呼ばれている少年が『幼き英雄』と呼ばれていることを。

赤龍を片腕だけで倒してみせ、感情次第ではクロエをも圧倒できることを。

もしも、今その話を聞いていればプラムはひどく納得してみせただろう。

しかし、現在誰も教えてくれる人はいない。いるとすれば、ハルカ本人が拳を持って教えてくれるだけ。

(……負ける？)

ハルカの体がブレる。

次に現れたのはプラムの背後。剣を振るうが、先にハルカの蹴りが脇腹に突き刺さった。

「ば……ッ⁉」

速さが違う、力が違う。

序列一位と剣を交わした時も、このような状況にはならなかった。

(……負ける？)

地面を転がりながら、プラムは思う。

(この私が？)

間違っていることは分かる。

守るべき子供を人質に取ろうとし、自分より歳が下の女の子を手にかけようとしているのだから。

それでも、それでもだ。

この行動によって救われる命がある。

金に困っていない人間には分からないだろう。金がなければ、明日の時間すら謳歌できないのだと。

まだ、自分は……何も成せていない。

「ふっ、ざけるなァァァァァァァァァァァァァァァァッッッ！！！」

プラムの叫びが、庭園に響き渡る。

「君達には分かるまい、金のありがたみを！　飢えに苦しむ子供達の苦しみを！　明日を生きられない人間の涙を！　君達が優雅に過ごしている間にも、一人また一人と命を散らしているんだ！」

プラムは剣を握り、ハルカへ突貫する。

振り上げた剣はハルカによって躱されるものの、直後繰り出した蹴りがようやく直撃した。

「仲良しこよしで生きていくだけでは飢えはなくならない！　平等を愛しても公平にはならない！　誰かが笑っていられる世界を作るためには金がいる！　この身を犠牲にしたとしても、世の全ての子供達を幸せにはできないッッッ！！！」

間違いだと分かっていても、成し遂げなければ。

ここで己が倒れてしまえば、間違いを「正しい」と誰も言ってくれない。

少しでも、金を。取っ掛かりは王子の金でいい。それだけでは救えないとしても、その金で教会の方針を変えるために動くことはできる。

動くことができれば、頭でっかちな教会の上の人間を一掃できる。

だから、私は――、

「そこを退け、幸せ者がァァァァァァァァァァァァァァァァァァァァアッッッ！！！」

プラムは持っていた剣を全力で投擲する。

それに合わせて、己も距離を詰めた。

躱してもいい。摑んでもいい。その動きに合わせて、自分は拳を叩き込むッッッ！！！

「……言ったでしょ」

「ぁ？」

プ・ラ・ム・の・横・に・あ・る・景・色・に・亀《き》裂《れつ》・が・入・っ・た・。

「これは僕の我儘だ」

投擲《とうてき》した先にいるはずのハルカの姿はすでにない。

代わりに、亀裂が入った景色の先から少年の腕が伸びてくる。

「所詮、僕の行動指針は自分勝手なエゴだ。他人のために尽くそうと世界を変えようとしている君にとっては邪魔な人間なのかもしれない」

しかし、『幼き英雄』と呼ばれる少年は拳を握る。

分かっていても。この女性が過ちと知ったうえで過ちを犯そうとするぐらい、見知らぬ誰かの幸せを願っていると分かっていても。

ハルカは、同じように拳を握る。

「でもやっぱり、僕は彼女の笑顔を守るよ」

そして、プラムの類に重たすぎる一撃が突き刺さった。

◇◇◇

ライガの魔術は、カリスマ性や統率力といった他人を纏める才能がある。

そこから生み出された魔術は、他人を意のままにコントロールでき、本人の意思を全て無視できるという強力なものだ。

しかし、コントロールできる対象は自身の指定した範囲内にいる人間にしか扱えず、加えてコントロールできる人間の素質によって数が変わってくる。

分かりやすく言えば、決められた箱に詰め込められる分のみ支配できると考えてもらえればいいだろう。

クロエの素質は、三十人分ほど。

ライガのキャパシティーではクロエ一人コントロールするだけで精一杯であった。

だが、それだけ。

一度支配してしまえば、あとは単なる強力な手駒である。

（まったく状況が分からない中に割り込むのも大変でやがりますね……ッ！）

一、だけではなく十。
数秒の間に、クロエとミナで剣のやり取りが繰り広げられる。

聖女であるセレシアを外にいる護衛に任せ、どこに行ったのか分からないハルカを捜していた矢先。

何故かクロエが護衛の対象であるアリスを狙っている姿が見えたため駆け付けた。

故に、今のミナにはこの状況をあまり理解していない。

ただ、分かるのは――

「しっかり、本気じゃないですか！」

パーティーということもあって、ミナが愛用している長剣は持ち合わせていない。

手に持っているのは、騎士から拝借した一般的なもの。リーチの差があってやり難いものの、逆に今はよかったのかもしれなかった。

「好きで、本気で相手にしているわけでは……ッ！」

クロエの剣撃は技量が凄まじい以上に、その速度である。

目にも止まらぬ速さは大陸最高峰。巨大な剣を振り回すことこそミナのスタイルなので、重量の影響でクロエの剣は本来捌けない。

こうして辛うじて捌けているのは、あくまで一般的な剣で相対しているからである。

だが、技量や全てにおいて――現段階ではクロエのほうが実力は勝っていた。

「ばッ⁉」

柄の先端が胸に突き刺さり、ミナは後ろへ転がされる。

それを追うようにして、クロエの足が勝手に前へと進み始めた。

(本当に、この魔術はッッッ！！！)

もちろん、クロエとてこのようなことはしたくない。

それでも、体が思うように動かない。

間違いなくライガの魔術の影響だろう。己が剣を振り上げているのは、それもこれもクソ野郎のせいだ。

実際問題、ライガは相手の体を支配することができる。

ただ、それはライガの意思でクロエの体を動かしているのではなく、対象本人の脳から生まれる命令を置き換えているに過ぎない。

もしも、操り人形の根元を持ってライガが動かそうとしても、今のクロエのように細かで素早い動きは生み出せないだろう。

しかし、相手に思考の制御を強制させているからこそ、今では余計にタチが悪いものとなっている。

「……随分と堂々とした犯行じゃん」

そんな様子を傍で見守っていたアリスはボソリと呟く。

可憐な少女の声は横へと向けられ、気を失った令嬢の上で愉快そうに笑う青年はアリスへと視線を向けた。

「堂々かァ？　まァ、今の手段は下から二番目か三番目の手段で、最善とは言えねェが……てめェの目にはそう見えるとはな」

「堂々すぎるでしょ。お兄様の魔術を把握しているのは王族しか知らないけど、逆にお父様が知っていれば私が仮に殺されても犯人の目星はつく」

クロエがアリスを殺して、クロエが「己が殺った」と証言しても、きっと国王は納得しない。

それは赤の他人で動機のないクロエが犯行に及ぶとは考え難く、逆に動機があって「操った」と思わせるライガのほうが犯人の可能性が高いと考える。

実際にライガがアリスを連れて会場の外に出掛けているのは何人も見かけている。

ここからクロエが殺した――なんて信憑性《しんぴょうせい》は、国王からの視点では低くなるだろう。

「浅いんだよ、お前は思考が」

「あ？」

「証拠や現行犯じゃなけりゃ、父上は俺を捕まえよォとはしない。そりゃ、俺がやったとは思うだろうが……周囲の貴族はそうじゃねェ。俺の魔術を知らねェ傍から見れば、メイドが殺した以外の結果には見えねェんだからよォ」

そう、今の話はあくまでライガの魔術を知っている者の話だ。

知らない人間からしてみれば、トチ狂った人間が犯行をしたようにしか見えない。

その中で第二王子を牢屋にでもぶち込めば、派閥の貴族の反感や周囲の貴族からの不信が生まれるだろう。

「下で気絶させたこいつも、自分が変な感覚に陥っただけで魔術だって知らねェ。証言しようにも、この会話すら聞いちゃいねェよ」

「……だったら、ミナに証言してもらう」

「それは今からあのメイドが殺すだろ。そんでてめェも死ぬ……要は死人に口なしだ。まァ、継承権争いには影響が出るだろうが、クソ妹がのさばって生きるよりかはいくらでもやりよう次第では盛り返せる」

だから、下から二番目か三番目かの選択。

本来はプラムと合流して殺してもらう予定だったが、問題が発生したのであれば仕方ない。

「あァ、安心しろ。俺からは手出しはしねェよ。何せ、俺が殺せば少なくとも痕跡が残るしなァ？　そうすれば、メイドから喋らせる自白も意味がなくなっちまう」

キシシッ、と。

ライガはまるで勝利を確信したかのように笑う。

その様子を見て、アリスは血が出るほど唇を噛み締めた。

（クソクズが……ッ！）

今ここで、ライガを倒して魔術を消すという方法もある。

魔術はあくまで本人からの魔力の供給がなければ維持ができないからだ。

しかし、相手は軍のトップに立つ男。アリスの魔術は戦闘向きではないため、真っ向で戦っても負けるだけ。逆に正当防衛という形で殺される可能性もある。

だったら、ここで逃げて助けを呼ぶか？　いや、それだと操られているクロエが癇癪を起こしたと周囲に思われ、最悪捕まってしまうことも考えられた。

そうなればクロエだけでなく、ハルカにも迷惑が及ぶし、そもそもクロエほどの実力者が自分を逃がしてもらえるとは思えない。

ただでさえ、現在ミナが押されているのに、守られている側が気を引いてしまえばミナの命まで危険に晒してしまう。

だからこそ、何もできない。

ただただ、横で愉快そうに笑う男と現状を見守るしかない。

（ハルカくん……クロエ）

お願い、と。

何を求めるわけでもなく、ただただ無事なことをアリスは祈った。

◇◇◇

プラムは孤児院の出身だ。

どこかにある国の、どこかにある街の貧しい場所で育った。

両親は出稼ぎ先の紛争に巻き込まれて亡くなったみたいだが、物心つく頃にはすでに孤児院の一員であった。

孤児院の子供は数多い。それも当然……貧しい場所では死者が多い。

明日を生きる金もなく、食料もなく、子供を生かすために親は身を削る。

プラムが生まれた場所は別に悪徳貴族が私腹を肥やしていたわけでもなく、辺境が故にただただ貧しかった。

貧しいせいで常に空腹で、ロクに栄養も取れないために病に侵され、か弱い子供だけでなく大人まで次々と死んでいく。

明日は自分かもしれない……そんな怯えた日々の毎日であった。

宗教は、ある意味で現実逃避の延長だ。

不満、不遇、不可抗力。

これから抜け出したいがために、現状を変えてくれと見知らぬ神に祈る。

プラムは子供の頃から教会の信徒であり、毎日のように祈りを捧げていた。

しかし、神様は何かをしてくれるわけでもなく。

己の実力が認められ、自分だけが出世コースを歩んで金を稼ぐようになる。

もちろん、優しい少女は己の稼いだ金は全て孤児院へと寄付をしていた。

しかし、それでも足りず。

一つの孤児院を助けても、他の貧しい場所へは手が届かず。

自分の知る限りでも、明日を乗り越えられず死んでいく者ばかりが増えていった。

教会は皆の幸せのために神が創造した場所。だが、それはあくまで平等を謳《うた》い、互いに手を差し伸べ合うといったもの。

さらには、上に座る者は相も変わらず裕福な生活をしている。

それなのに、皆を幸せにできるのか？　現に不幸に陥って死んでいく人間がいるのに？

こんなことではダメだ。

だから、プラムは教会の方針を変えようと立ち上がった。

序列二位という立場にいながらも、同じ思想を持った人間を集い、己の環境を揺るがす結果になっても誰かのために。

誰かの、ために――。

「負けるものかァァァァァァァァァァァァァァァァァァァァッッッ！！！」

プラムは腕をより一層に引いた。

するとハルカの体は縄で引っ張られるかのようにプラムへと飛んでいき、振り抜かれた彼女の拳が胴体に突き刺さる。

「……ッ!?」

引っ張られる力と合わせた拳の力はハルカの顔を確かに歪ませた。

地面を転がり、なんとか起き上がった瞬間――再び体が引き寄せられる。

「私は、こんなところでは躓けない！」

今度は顔に。

子供だからと容赦なく、プラムは渾身《こんしん》の一撃を叩き込んだ。

「たとえ、この思想が間違っていたとしても！　最後は破滅的な結末が私に訪れようとも！　それでも明日を誰かが生きられるのなら！」

聖騎士は何も剣技だけで集められた集団ではない。

己の才能を最大限活かすために生み出される魔術を扱う人間もいる。

プラムの才能は、心優しい性格とは裏腹な『盗み』というものであった。

これから義賊のように盗みを働こう……とは考えていない。それでも、己の生き方に役立てるよう魔術を生み出した。

それは、対象と対象の間の距離を埋めるというもの。

至ってシンプル。視界に収めた物体を物体に引き寄せるだけ。それは己を起点でも己を抜いても構わない。

「君はどうなんだ⁉　貴族として、毎日を当たり前のように生きている君は私のことをどう思う⁉」

鳩尾にまたしても、プラムの拳が突き刺さる。

「他人事なのは分かっている！　それでも、この話を聞いて何も思わないか⁉」

分かっている。

今、この少年に何を訴えても意味がないことを。

どこで生まれ、どんな環境で育つかは運次第だ。裕福な家系に生まれることもあれば、プラムのように厳しい環境で育つこともある。

これに関しては、誰が悪いとかではない。裕福な場所に生まれたからといって、手を差し伸べる義務はない。

だからこそ、誰かの笑顔を守ろうと拳を握っているハルカは何も悪くない。むしろ、正しいと言ってもいいだろう。

でも、だからこそ。

「せめて、私の道を開けろォォォォォォォォォォォォォォォォォォォォォォォォォォォォォッッッ！！！」

四度目。

プラムが腕を引き寄せ、ハルカの体が勢いよく自分へと飛んでくる。

「ごめん、それはできない」

プラムの腹部に謎の光の柱が突き刺さった。

「……ばッ？」

腹部から血は流れない。

その代わり、口から確かに見える血が吐き出される。

何が起こったのか？　わけも分からず、プラムの膝は力が入らずその場へ崩れ落ちた。

「……君がしようとしていることは、ある意味正しくて、ある意味では正しくないのかもしれない」

魔術の効力が切れたハルカが、ゆっくりと歩き出す。

「確かに僕の力じゃ、個を守れても不幸に見舞われる大勢は助けられない。それを自分の手を汚してまで拾い上げようとするあなたは立派だと思う。僕は、心の底からあなたを尊敬する」

でも、と。

少年は悲しげに呟いた。

「でも、少しは周りの笑顔にも目を向けたほうがいいかもしれないよ」

その言葉が耳に届いて、プラムの頭にはふと小さな女の子の姿が浮かんだ。

『プラムさんは本当にお優しいですねっ！　分かりました、私も孤児院の炊き出しにご一緒します！』

明るくて、心優しくて、他人の不幸を嫌う。

教会の象徴、神の御使いと呼ばれ、体現しているかのように常に笑顔を浮かべているあの子。

そんな女の子が脳裏に浮かんだからか、プラムの瞳に涙が伝った。

「は、ははっ……」

血で汚れた唇を、プラムは歪める。

「……子供の我儘、だったのかもしれなかったな」

「そうだね」

直後、プラムの額に重たい衝撃が走った。

蓄積したダメージのせいか、プラムの意識は徐々に薄れていく。

「そういう我儘は、僕が通すものだ」

最後に聞こえたのは、そんな言葉。

プラムはハルカの声を聞き届け、そのまま意識を落とした。

◇◇◇

ミナは別に、ここで命を張る理由はない。

今起きている宗教内の争いでもなければ、自分に関係のある話でもないからだ。

ただ、相手は自分の慕っている聖女が懐いている相手で、ここを見逃せば善人が死んでしまう可能性がある。

(あの『幼き英雄』にあの借りを返せるなら、踏ん張っても後悔はねぇですね……ッ!)

二度、三度。

振り抜かれる剣を捌いていく。

それだけではなく、攻撃の合間があれば全力でいつも握っているものより小さい剣を振るう。

とはいえ、相手は若くして剣の頂に手を伸ばす少女。

呆気なく躱され、代わりに剣の切っ先が肩口へ突き刺さる。

「ミナ、避けなさいっ!」

「無茶言わねぇでください……ッ!」

クロエも抗おうとしているのだろう。

心苦しそうに、必死に顔を歪めている姿からは意図的なものは感じられない。

段々と読めてくる状況。きっと、クロエは体の支配を他人に奪われているのだろう。

（そんで、奪っている相手は後ろの男！）

楽しげに、愉快そうに笑みを浮かべながら傍観者の席に座っているライガ。

アリスが青年に向けている視線からも分かるとおり、この状況の元凶は正しくあいつだ。

だが、分かっていてもなお何もできない。

クロエが繰り出す猛攻を捌くのに精一杯。一つの油断とミスが、文字どおり死に繋がる。

（チッ……早く来てくださいよ、英雄なら！）

ミナの目的は、時間を稼ぐこと。

己が操られておらず、アリスも無事だということは支配できる人間が限られているということ。

であれば、この場所に誰が訪れてもいい。ハルカが訪れてもいい。

証言や証人、打開できる人間でもなんでも、新しい要因さえ加われば状況は変わる。

「ミナっ！」

「ッ!?」

ミナの一振りが宙を切る。

その瞬間、クロエの容赦のない蹴りが脳天へと叩き込まれた。

「…………ぅ、ぁ」

体格差というのもあったのかもしれない。

しかし、それでも的確に急所へ叩き込まれたことによってミナはその場へ崩れ落ちてしまう。

「〜〜ッ!?」

クロエの顔がさらに険しくなる。

何せ、今この状態で拮抗できていたのもミナが踏ん張ってくれていたおかげだからだ。

そんな中、もしミナがリタイアしてしまったら？

「ハッハッハッー！　いいぜェ、決着だぜアリス！」

――必然的に、クロエの刃はアリスへと向けられる。

「ッ!?」

ミナが倒れてしまったことにより、アリスはすかさずその場から身を翻した。

気を散らせることもない。何せ、ミナはもう倒れてしまったのだから。

しかし、戦闘に参加してこなかったお姫様が戦闘のスペシャルリストから逃げられるわけもなく
――。

「きゃっ！」

アリスは一瞬で距離を詰められ、組み伏せられてしまう。

上に乗っているのは、剣を握りしめるクロエだ。

「足が、遅いんですよ……ッ！」

「仕方、ないじゃん……ッ！」

苦しい。

地面の上であるから背中も痛いし、動けなくさせるよう関節もキメられている。

月夜によって輝く剣の切っ先が眼前に映り、恐怖によってアリスの心拍数を上げた。

「乱入者はあったがァ……ま、ここまでだなァ」

ライガは動くことなく、笑みを浮かべながらアリスを見る。

「家族のよしみだ……言い残すことぐらい、聞いてやらんでもないぞ？」

クロエはまだ動かない。

勝利を確信しているからか、はたまた本当によしみを感じているのか。

どちらにせよ、殺そうとしていることには変わりない。

アリスは組み伏せられながら、キツくライガを睨んだ。

「お前なんて、死ねばいい……ッ！」

「ははッ！　最後の一言ぐらいお姫様でいろよなァ、マヌケな妹よォ！」

遠慮はない。

ライガにとって、家族は踏み台であるか邪魔であるかの二択。

故に、何をするわけでもなく――。

「さっさと殺っちまえ」

一言を、キッパリと言い放った。

その瞬間、クロエの腕が真上へと振り上げられる。

「……申し訳、ございません」

クロエが顔を苦悶に歪ませながら、アリスへ言葉を向ける。

それを受けて、アリスは小さく笑った。

「こっちのほうこそ、ごめんね。クロエのことは正直気に食わなかったけど……まぁ、嫌いじゃなかった」

これは己の責任だ。

クロエはここから、己を殺したと証言することになる。

間違いなく、王族殺しは極刑だ。悲惨な道を歩くことになるだろう。

「……本当に、巻き込んでごめん」

「…………ッ」

「せめて、酷いように殺してもいいからさ」

死にたくはない。

しかし、これから何もできず死んでいく自分はクロエに贖罪《しょくざい》を残せない。

自分を見下ろす、自分のために動いてくれた少女に。

(あーあ……)

ダメだったかぁ、と。

アリスはふと天を仰いだ。

(こんなことなら、もっとハルカくんとイチャイチャしとくんだった……)

今頃、彼は何をしているんだろうか?

巻き込まずに済んだ……と、考えてもいいかもしれない。好きにパーティー会場で可愛らしい悪役ムーブでもしてくれていたら嬉しいと思う。

「ハルカ、くん……」

最後に、そんな言葉を呟いて。

クロエの剣は、真っ直ぐに振り下ろされ――。


「いくら喧嘩する仲でも、それはダメだと思うよ……クロエ」

その剣は、根元から綺麗に折れてしまった。


「……は？」

そう口にしたのは、アリスでもクロエでもなく傍から見ていたライガだった。

何が起こったのか？　いや、何が起こったのかは分かる。

クロエが振り下ろそうとした剣が、物凄い勢いで蹴られたのだ。

ただ、どうして蹴られたのか？　どうして二人の横に少年がいるのか、これが分からなかった。

先程までは、そこに誰もいなかったのに。

景色に大きな亀裂を見せ、一人の少年がいつの間にか立っている。

「ハルカくん……」

「坊ちゃん！」

二人の声は少年へと向けられ。

少年は真っ直ぐに、ライガのほうを見る。

「……さて」

そして、少年は小さな拳をそっと握った。

「僕の大切な人を傷つけようとしたのは、お前だなクソ野郎」

大きな思想を切り捨て、個を守るために駆け付けてきた少年。

幼くも、大切な人の笑顔を守るために拳を握る英雄《ヒーロー》が、この場に姿を現した。

◇◇◇

ハルカの魔術は、あくまで感情に起因する。

クロエやプラムのようにシンプルな魔術には発生しないトリガー。最強であるが故に、縛りはライガ以上のものとなる。

しかし、トリガーさえ確立してしまえば――問題にはならない。

「ごめんね、遅くなっちゃって」

ハルカの視線は二人へと注がれる。

組み伏せ、今まさに剣を振り下ろそうとしたクロエにまで、ハルカは同じような言葉を向けた。

途中で乱入したミナと同じで、ハルカは今この状況を分かっていない。

だが、二人の表情が……明確に誰が悪いのかと理解させる。

「ハ、ハハッ……どういう理屈だァ、こりゃ？」

先程まで笑みを浮かべていたはずのライガの頬が引き攣る。

それも当然――ライガは、ハルカが魔術を扱えることを知らない。

あくまで、公爵家のクズ息子。加えて、見た目相応の子供という認識だ。

「もしかして、やられたのか……？　あいつが？」

「あいつっていうのは知らないけど、プラムさんは倒してきたよ」

「……そうか」

ライガがそう口にした瞬間、虚空から一振りの剣が出現する。

すると、クロエは折れた剣を捨てて代わりに新しい剣を――、

「坊ちゃん！」

「大丈夫」

振るおうとした瞬間、ハルカの拳が剣の側面へと当てられた。

両者それぞれ目にも止まらぬ速さ。結果は、生み出された剣がまたしても根元から折れるという現象。

二度目は、驚かない。

すかさずもう一度クロエへハルカを狙うように指示を飛ばす。

「……ごめんね、クロエ」

シュ、と。

ハルカの拳が横へと振るわれた。

その拳は的確にクロエの顎へと入り、確実に脳を揺らしていく。

「申し訳、ございません……」

クロエがアリスに倒れ込んだ。

非戦闘向きのアリスは何が起こったのか理解できなかったが、慌ててクロエの体を受け止める。

そして、一歩。二人に背中を向けて幼き少年は歩き出した。

「ハルカくん……」

「待ってて、今終わらせるから」

アリスの言葉は震えていて。

それでも安心させるように、ハルカは言葉を呟く。

一方で、頬を引き攣らせていたライガは額に汗を垂らして唇を噛み締めていた。

（おいおい、元SSランクの冒険者が瞬殺ってどういうことだ？）

まさか、公爵家のクズ息子にあのような力があったとは。

そう驚いていた時、ふとライガはあることを思い出す。

（そういえば、公爵領では人知れず誰かを助けている英雄がいるって話……）

まさか、と。

ライガは勢いよく顔を上げる。

「てめェ……あの『幼き英雄』か⁉」

「別に今はそんなことどうでもいいでしょ」

一歩を踏み締めながら、ハルカは吐き捨てる。

「どんな魔術を使ったのかは知らない。クロエがアリスを狙うなんてしないだろうし、ましてや慕っているミナさんを傷つけるなんてあり得ない。ってことは、必然的にお前がやったんだって推測できる」

それさえ分かっていれば、おのずと自分がすべきことが分かる。

今、抱いているこの感情の赴くまま。己の我儘が解消できるように行動するだけ。

「だから、僕は君を倒す。それでアリスが明日も笑顔でいてくれるんだったら」

その言葉を傍から聞いていたアリスの顔が、一気に真っ赤になる。

こんな状況であるにもかかわらず、体を張ってくれたクロエが傍らで気絶しているのに。

(……ハルカくん)

激しく脈打つ心臓を確かに感じながら、アリスは逞しくも小さな背中を見守った。

(いいや)

ハルカの怒りの矛を向けられているライガは、内心で口角を吊り上げる。

(問題ねェ……俺の魔術は、対象一人であれば問題なく支配できる)

トリガーである支配範囲の中。

クロエの時と同じようにハルカを支配してしまえばいい。

そうすれば、クロエとアリス、倒れているミナにもトドメをさして勝手に「己が殺した」などと証言させるだけで終わる。

（俺の魔術がある限り、負けはねェ！）

だが、ライガは見落としていた。

ライガの魔術は相手のポテンシャルによって支配できる条件が変わってくる。

クロエ一人を支配した段階で他者の支配ができなかったということは、クロエのポテンシャルだけで上限いっぱい。

本来であれば、これだけで充分なのだろう。

しかし、だ。

（……ァ？）

クロエのポテンシャルは、あくまでＳＳランクの冒険者程度。

支配下に置かれていたとはいえ、そんなクロエを一撃で倒してみせたハルカのほうがポテンシャルが低いわけがない。

つまりは、クロエ以上。

魔術を行使しても歩みを止めないハルカを見て、ライガは思わず固まってしまう。

「歯を食いしばれ、クソ野郎」

ハルカの姿が、いつの間にか背後へと現れる。

ライガが振り向いた瞬間、少年は確かに拳を握っていた。

「僕の大切な人を傷つけた報い、ちゃんと受け取れ」

ゴンッッッ！！！　と。

鈍い確かな音が外壁際の人気のない場所で響き渡った。

笑みを浮かべていた青年は外壁にヒビを入れるほどまで吹き飛ばされ、静寂だけが辺りを支配する。

「……さて、これで幕引きかな」

この場に立っているのは、『幼き英雄』と呼ばれている少年のみ。

今ここに、本当の意味でアリスを取り巻く戦いが幕を下ろした。

エピローグ

王位継承権争いは、第一王子でほぼ決まりという話が国中に広まった。

というのも、第二王子が第一王女を暗殺しようと画策し、牢に捕らえられたからだ。

聞くところによると、物的証拠こそないもののアリスやクロエ達の証言が決定打となったらしい。

とりわけ、教会の反宗教派であるプラムの証言が大きかったとのこと。

これから第二王子の身辺を調査し、さらなる証拠を探していくとのことだが、間違いなく王位継承権は剝奪されて辺境の領地へ追放になるだろう。極刑にならなかったのは、未遂で終わったからか。

そんな話が広まったのは、建国パーティーから一週間後。

ハルカは久しぶりに訪れた平和な日々を満喫しながら、今日も今日とて悪役ムーブをしてクズを極めようと――、

「ハルカくん、ありがとうね……あの時は超かっこよかったよ♪」

――する前に、目下の身バレ問題に直撃していた。

「え、えーっと……そのー……」

一週間後のとある昼下がり。

ハルカの部屋ではなく、応接室にて『幼き英雄』と呼ばれる少年は冷や汗を流していた。

目の前には、初めて公爵家を訪れた時のようにおめかしをしているアリスの姿。

最近よく見かけていたラフな格好でないのは、己の身の安全が確保され、建国パーティーが終わってから王城に戻っていったからだ。

今は、客人として改めて公爵家の屋敷に足を運んでいる次第である。

「な、なんのことか分からないなー」

「ハルカくん、流石に素顔のまま登場しておいてそれはキツイぜ」

そう、ハルカは今回マントもお面も着けていない状態で助けに行ってしまった。

助けるのに夢中で……というのは分かるが、あそこまで実力を披露しておいて誤魔化すのは難しい。

元からバレてはいるのだが、改めてバレたことを知ったハルカはさめざめと泣いた。

「……いきなり来たと思えば、坊ちゃんを泣かせるなど。貧乳は気遣いを胸と一緒にどこかに忘れてしまったのですか？」

「黙れよ、敬意を脂肪に変えたホルスタイン。どっからどう見ても、私はハルカくんにお礼を言いに来たに決まってるだろーが」

傍に控えていたクロエとアリスとの間に火花が散る。

その光景は、どことなくライガに支配されていた時を彷彿《ほうふつ》とさせた。

「あ、そういえば聞いた？」

咳払いを一つして、アリスは話を変える。

これ以上、ハルカを身バレ関連で虐めたくはないからだろう。

「ぐすん……聞いたって？」

「教会の内部争ぃ。現宗教派が纏めて終わりそうなんだって」

突然の話に、さめざめと泣いていたハルカは思わず顔を上げる。

「それまたどうして？」

「なんでも、今回自白してくれた序列二位ナンバーツーが失脚したからなんだとか。神に仕える信徒が他者を殺めるなんてあり得ない行為だからかな」

「まぁ、反宗教派の中心は序列二位ナンバーツーでしたからね。主要メンバーがいなくなればおのずと崩壊していくのは目に見えているでしょう」

「……なるほどなぁ」

ふと、ハルカの脳裏にあの日のことが浮かんでしまう。

誰かのために拳を握っていた女性。方法こそ間違っていたけれども、その気持ちは間違いなく優しさから来ていたもの。

そんな彼女の思想を……ハルカは踏み抜いてしまった。

大勢ではなく、アリスという女の子を助けるために。

改めて状況を聞き、ハルカは少し暗い顔になる。

「大丈夫ですよ、坊ちゃん」

ハルカの小さな頭の上から、優しい温かさが乗った。

「坊ちゃんのした行為に間違いはありません。それで救われた人が、確かにいらっしゃるのですから」

「……クロエ」

ハルカはチラリと前を向く。

そこには、嬉しそうに笑みを浮かべるアリスの姿が。

もしも、あそこで拳を握らなければ目の前にいる少女の姿はなかっただろう。

確かな実感。守った証。

己のした行為は間違っていなかったのだと、改めて理解する。

「私も初めて出会った際に助けていただいたことですし、今から共に裸で浴場に行きましょう」

「台無しだよ」

いい雰囲気は一瞬にして霧散した。

「まぁ、証言をしてもらったお礼ってわけじゃないけど、今回私のできる範囲で教会に寄付したから少しは安心じゃないかな？　ハルカくんの懸念の話は。それに、今回協力してもらった聖女様やミナちゃんにもお礼があるしね」

「う、うん……ありがと、アリス」

「あとはー、なんか公爵家からもおっきな額の寄付があったって話が――」

「あーっはっはっはー！　まったくー、どこの公爵家なんだろうねぇー！」

ついクセで否定してしまうハルカ。

誰がどう見ても、ハルカが寄付したのだというのは丸分かり。未だに悪役ムーブを続ける可愛らしい少年を見て、アリスもクロエも微笑ましい瞳を向けた。

「さて、と。私はそろそろ帰らなきゃ」

アリスがおもむろに立ち上がる。

その姿を見て、ハルカは首を傾げた。

「もう帰るの？　せっかくならご飯でも食べていけばいいのに」

「クソほどハルカくんと一緒にいたい……ッ！　んだけど、ライガお兄様のお仕事が私に回ってきちゃってねー……お仕事が山積みで、今も合間を縫って来ちゃってる感じなんだよ」

「はよ帰れ、クソ貧乳」

「その前に、このメイドをぶん殴ってもいいかな？　お金払うから」

「やめて差しあげてっ！」

振り上げようとしているアリスの腕を必死に掴むハルカであった。

「あ、そうだ。ハルカくん……何か私にしてほしいこととかない？」

腕を振り上げようとしたアリスが、唐突に思い出す。

「やっぱり、三回も助けてもらったからお礼をしたいんだけど」

「何故に三回？　いや、別にお礼がほしくて助けたわけじゃないからいらないよ」

ハルカは真面目な顔で首を振る。

その姿を見て「相変わらず優しいなぁ」と、そんなことを思いながらアリスは頬を緩めた。

「……じゃあ、これあげるね」

「んむっ!?」

「はぁ!?」

――ハルカの口に、アリスの唇が押し当てられた。

「な、ななななっ!?」

ハルカは顔を真っ赤にして慌ててアリスから離れる。

すると、眼前に迫っていたアリスの端麗な顔がほんのりと朱に染まっていることに気づいた。

「私があげられるものってあんまりないからさ、代わりに王女の初めてで許してね、ハルカくんっ♪」

小悪魔的な笑みを浮かべるアリス。

それを見て、ハルカは思わず固まってしまった。

「坊ちゃん！　この女狐をぶった斬るご許可を！　私ですらまだ坊ちゃんに初めてのキスを捧げていないというのにクソ貧乳が……ッ！！！」

「待って落ち着いてその抜いた剣をしまうんだ。洒落にならないどころかハッピーエンドがバッドエンドになっちゃうッッッ！！！」

「ふふっ、してやったりアリスちゃん大勝利ー！」

アリスを取り巻くお話は、これにて無事完結する。

ひょんなことで助け、関わり、新たに守れた笑顔。

物語の内容としては、それほど悪くなかったはずだ。

公爵家のクズ息子と呼ばれる少年。

それでいて、物語に出てくる『影の英雄』に憧れた『幼き英雄』。
一方で、彼の物語はこれからもまだまだ続いていくのであった——。

《了》

あとがき

皆様初めまして、楓原こうたと申します。

この度は『人々を陰ながら救っている英雄、実は公爵家のクズ息子。というのを周囲は知っている』をご購入していただき、ありがとうございます。

私は異世界ファンタジーをよく書かせていただいているのですが、実は今作……初めての挑戦となります。

幼い主人公、初めてでした。ショタ系主人公です。

この作品はカクヨム様で投稿している作品なのですが、書き始めていた頃はかなり不安な気持ちでした。

いつもと口調違うわ、かっこよくしすぎるのはあれだわ、可愛く書かなきゃいけないわぁ、です。

書いている度に「合ってんの？」と、首を傾げていたのを覚えています。

しかし、こうして書籍にさせていただいて一つ安心して、今ではいい成功体験になったなとしみじみ感じております。

とはいえ、一番はお手に取っていただいた読者の皆様に「面白い！」と思っていただくことです。

できることなら、ここまで辿り着いた皆様にそう思っていただけたら嬉しいです。

さて、あまり長話をするのも苦手なので最後にお礼を。

今作に携わっていただいたイラストレーター様、編集様、ならびに出版関係者様、ありがとうございます。

こうして一冊の本にできたのも、皆様のおかげです。

また、改めてお手に取っていただいた読者の皆様、本当にありがとうございました。

次のお話でまたお会いできることを、心より願っております。

楓原こうた

Written by Atoha
アトハ
Illustration
片倉響
俺だけ使える
古代魔法
基礎すら使えないと追放された俺の魔法は、
実は1万年前に失われた伝説魔法でした
規格外の最強魔法で
無双する!!
禁忌とされた
魔法体系の
失われし知識《ミッシングリンク》
=古代魔法
1巻発売中!
©Atoha

転生貴族の
異世界
～自重を知らない神々の使徒～
冒険録
Wonderful adventure in
"God…That's going too far!!" he said.
1～6巻好評発売中！
夜《YA》州《SHU》
Illustration よつば
神様、このステータスはやりすぎです！
転生した世界で神様から破格の加護を受けた
自重知らずの少年が巻き起こす異世界狂想曲開幕！
©Yashu

唯一無二の最強テイマー
～国の全てのギルドで門前払いされたから、他国に行ってスローライフします～
原作：赤金武蔵　漫画：田村紘一
キャラクター原案：LLLthika
異世界還りのおっさんは終末世界で無双する
原作：羽々音色　漫画：ダンタガワ
ジャガイモ農家の村娘、剣神と謳われるまで。
原作：有郷　葉　漫画：たぢまよしかづ
キャラクター原案：黒兎ゆう

雷帝と呼ばれた最強冒険者、魔術学院に入学して一切の遠慮なく無双する
原作：五月蒼　漫画：こばしがわ
キャラクター原案：マニャ子
どれだけ努力しても万年レベル0の俺は追放された
原作：蓮池タロウ　漫画：そらモチ
モブ高生の俺でも冒険者になればリア充になれますか？
原作：百均　漫画：さぎやまれん　キャラクター原案：hai
COMIC NOVA ノヴァ
https://www.123hon.com/nova/
話題の作品
続々連載開始!!

人々を陰ながら救っている英雄、実は公爵家のクズ息子。というのを周囲は知っている1

発 行
2024年10月15日　初版発行

著 者
楓原こうた

発行人
山崎　篤

発行・発売
株式会社一二三書房
〒101-0003　東京都千代田区一ツ橋2-4-3 光文恒産ビル
03-3265-1881

編集協力
株式会社パルプライド

印 刷
中央精版印刷株式会社

作品の感想、ファンレターをお待ちしております。
〒101-0003　東京都千代田区一ツ橋2-4-3 光文恒産ビル
株式会社一二三書房
楓原こうた 先生／Kuzunoha 先生

Printed in Japan, ISBN 978-4-8242-0309-0 C0093
※本書は小説投稿サイト「カクヨム」（https://kakuyomu.jp/）に
掲載された作品を加筆修正し書籍化したものです。